A palavra dos músicos

Escritos dos compositores franceses
do século XIX

A palavra dos músicos

Escritos dos compositores franceses
do século XIX

Organização, tradução e notas
REGINA SCHÖPKE e MAURO BALADI

martins fontes
selo martins

© 2013 Martins Editora Livraria Ltda., São Paulo, para a presente edição.

Publisher *Evandro Mendonça Martins Fontes*
Coordenação editorial *Vanessa Faleck*
Produção editorial *Cíntia de Paula*
Valéria Sorilha
Preparação *Denise Roberti Camargo*
Revisão *Janaína Silva*
Silvia Carvalho de Almeida
Pamela Guimarães

Dados Internacionais de Catalogação na Publicação (CIP)
(Câmara Brasileira do Livro, SP, Brasil)

A palavra dos músicos : escritos dos compositores franceses do século XIX / organização, tradução e notas de Regina Schöpke e Mauro Baladi. – São Paulo : Martins Fontes – selo Martins, 2013. (Coleção A)

ISBN 978-85-8063-086-2
Bibliografia.

1. Compositores - Escritos 2. Compositores - França - Século 19 3. Música - História I. Schöpke, Regina. II. Baladi, Mauro.

13-01971 CDD-780.092

Índices para catálogo sistemático:
1. França : Compositores : Vida e obra   780.092

Todos os direitos desta edição reservados à
Martins Editora Livraria Ltda.
Rua Dr. Arnaldo, 2076
01255-000 São Paulo SP Brasil
Tel. (11) 3116.0000
info@emartinsfontes.com.br
www.martinsfontes-selomartins.com.br

Sumário

Introdução 07
    A origem da música no espírito das palavras 07

Jacques Fromental Halévy 11
    Prefácio 11

Hector Berlioz 31
    Música 31
    Costumes musicais da China 45
    Os grotescos da música 51

Charles Gounod 55
    A natureza e a arte 55
    Prefácio 62
    Carta a Georges Bizet 68

Camille Saint-Saëns 70
    A ilusão wagneriana 70

Georges Bizet 82
    Cartas 82

Emmanuel Chabrier 93
    Cartas inéditas 93

Jules Massenet 102
    A admissão no conservatório 102
    Pensamentos póstumos 108

Gabriel Fauré 111
    Prefácio 111
    Carta para uma noiva 114

Claude Debussy 118
    Concertos Colonne 118

Paul Dukas 127
    Claude Debussy 127

Erik Satie 133
    O Espírito musical 133
    Notas sobre a música moderna 136
    A inteligência e a musicalidade entre os animais ... 138

Maurice Ravel 140
    Críticas 140

APÊNDICE
Richard Wagner 153
    Um músico estrangeiro em Paris 153

Introdução

A origem da música no espírito das palavras

Regina Schöpke & Mauro Baladi

Nem sempre – ou quase nunca – a criação é fruto apenas de uma grande inspiração. Ou melhor, se ela tem sua origem num certo "encantamento mágico" (que, no fundo, nada mais é que a irrupção violenta das sensações do próprio corpo, que clamam por liberdade e expressão), também é verdade que a criação não se produz sem grande esforço e dedicação. O gênio sozinho nada pode, e mesmo a força criadora mais apaixonada não produz grande coisa sem um trabalho árduo e contínuo, que consiste exatamente em captar e organizar as forças vivas desse encantamento. Digamos que o delírio artístico tem sua porção de racionalidade, assim como a razão tem sua porção de delírio.

Paul Duhem, pensador e cientista da *belle époque*, dizia, ao falar de seus colegas, que "na maior parte das vezes, aquele que chegou ao cume de onde se descortina uma ampla verdade preocupa-se apenas em descrever aos outros homens o espetáculo que a ele se oferece. Quanto às dificuldades que teve que enfrentar para atingir o pico de onde sua vista pode se estender ao longe, ele as esqueceu, ele as julga misérias sem importância, indignas de nos serem contadas; ele nos entrega sua obra acabada, mas lança ao fogo seus rascunhos". Também os artistas, que muitos acreditam ser diretamente "inspirados pelas musas", "entusiasmados", como diziam os gregos antigos (o que significa "estar possuído por um deus"), quase nunca revelam as tempestades pelas quais atravessam no processo de confecção de suas obras.

A música, por exemplo, a mais metafísica e etérea de todas as artes, parece sempre, para o senso comum, emanar das esferas celestes diretamente para as mãos do músico que toca, que rege ou que compõe. Porém, quanto esforço físico, corpóreo, para alcançar esta "naturalidade", quanto suor e noites em claro para transformar as emanações celestiais em boa música! Entender um pouco desse processo significa mergulhar na alma do próprio artista, pois cada um imprime em sua obra de arte parte de si mesmo. Ou talvez fosse melhor dizer que obra e artista se confundem, ainda que filósofos como Kant defendam que o artista não tem plena consciência da própria criação, que sempre tende a ultrapassá-lo. Sim, talvez seja exatamente essa falta de consciência que libere o artista para expressar mais livremente suas sensações e intuições. Afinal, se Bergson está certo em dizer que é preciso que a intuição preceda a razão, podemos dizer também que é preciso que a razão, com toda a sua potência ordenadora, venha em socorro das sensações, mas somente com a condição de vir depois. Primeiro o corpo, depois a razão.

Enfim, nada pode ser mais interessante, para quem gosta de se aprofundar no universo criativo dos artistas, do que ouvir suas próprias motivações para criar ou, simplesmente, suas ideias sobre o mundo e sobre as coisas da sua arte. Isso não torna a música mais ou menos bela, mas nos permite conhecer um pouco mais o seu criador (que quase sempre existe, para nós, apenas como um nome ou uma sombra sem rosto). No fundo, a verdadeira intenção desta breve antologia é revelar um pouco desses segredos da música, das suas motivações, da sua genealogia, através das palavras dos próprios compositores. De fato, em tese, ninguém deveria ser mais apto a falar da sua arte do que o próprio artista, mas, para isso, é importante que ele tenha, além da sua genialidade, certa consciência do que faz e disponha de uma capacidade bastante rara, mesmo entre estudiosos e eruditos, de se expressar com clareza, beleza e profundidade.

Não se trata aqui, que fique claro, de uma obra de curiosidade, uma miscelânea destinada a mostrar a faceta literária de alguns dos maiores nomes da música moderna. Nossa ideia foi sempre a de elaborar um conjunto orgânico, vivo, dentro de uma perspectiva estritamente genealógica. Para isso, selecionamos compositores clássicos de sólida reputação e vasta influência, nascidos e formados musicalmente na França do século XIX que, apresentados cronologicamente, de acordo com o ano de nascimento, nos permitem recompor, de algum modo, as evoluções e revoluções da própria música, criando uma ponte entre os velhos mestres e os grandes criadores da música contemporânea.

Na verdade, uma única uma presença destoa do contexto geral, a de Richard Wagner, que muitos podem considerar aqui um invasor alemão em "terras francesas". Porém, a leitura desses textos logo mostrará que, muito pelo contrário, Wagner é uma presença constante, para o bem e para o mal, no pensamento de seus colegas. E, para integrá-lo ainda mais em nosso conjunto, selecionamos uma obra de ficção sua totalmente ambientada no cenário musical de Paris.

Falando dos textos, propriamente ditos, o que eles têm em comum é seu tema: a música, que é, em suma, a paixão, o elemento-chave da vida de seus autores. Já os estilos são dos mais variados, indo dos prefácios às conferências, das memórias às críticas, passando pela correspondência – que, em alguns casos, representa a única ou praticamente única atividade literária do compositor.

Para que não houvesse um descompasso entre a forma e o fundo, pensamos este trabalho como uma sinfonia, em que buscamos reunir e integrar harmonicamente os mais variados tons e movimentos. No entanto, por uma limitação perfeitamente compreensível, falta aqui justamente o principal: a própria música. Porém, tal como uma partitura, na qual os signos impressos são a música em seu estado virtual, "soando" aos olhos daqueles que a entendem e a decifram, esperamos que as palavras reunidas neste volume também sejam capazes de "soar" aos olhos de seus leitores, provocando uma vibração que se converta, tal como a música de seus autores, em mais beleza e encantamento para a vida.

Jacques Fromental Halévy (1799-1862)

Prefácio[1]

Um dicionário de música compõe-se de elementos diversos, tendo cada época, cada transformação da arte, deixado na nomenclatura marcas profundas das ideias que serviam de base para as teorias, dos princípios que decorriam dessas ideias, das formas que adotavam o gênio ou o capricho dos compositores e dos instrumentos que eram os seus intérpretes.

Encontram-se, desde o início, na história da música – descartando os tempos bíblicos e os monumentos das antigas civilizações orientais, que só nos deixaram um pequeno número de documentos, obscuros e incertos – as três grandes divisões que também são compartilhadas pela história de todas as nossas artes e de quase todos os nossos conhecimentos: a Antiguidade, a Idade Média e os Tempos Modernos; e cada uma dessas épocas contribui com o seu contingente para o dicionário.

Os gregos ocuparam-se muito com a música. Todo mundo sabe, e é quase supérfluo repeti-lo, que a música fazia parte da educação dos jovens cidadãos. Todo mundo sabe que lugar ocupavam os cantos, os coros, a lira ou a cítara e a flauta nos templos, nas festas, no teatro, nos banquetes, nos concursos públicos e nesses jogos tão famosos que apaixonavam a Grécia inteira. Conhece-se também o respeito que eles

---

1. Este prefácio foi escrito por Halévy para o *Dictionnaire de musique théorique et historique*, de Marie e Léon Escudier. 5. ed., Paris, E. Dentu, 1872, p. I-XXII.*
   *As notas deste livro são dos tradutores; quando não forem estarão devidamente indicadas.

mantinham pelos seus velhos costumes musicais. Durante muito tempo, os gregos zelaram pela conservação das antigas leis da música, com este ardor que trazem pela conservação do *habeas corpus* os membros de um parlamento inglês. A menor tentativa de mudança era severamente reprimida. Terpandro, um pouco limitado pela sua lira de quatro cordas, apresentou-se nos jogos píticos com uma nova lira nas mãos, enriquecida com uma corda a mais! Ao verem essa corda, os partidos se agitaram; mas os conservadores levaram a melhor. Terpandro foi condenado a pagar uma multa, e sua lira, vergonhosamente quebrada, foi submetida à ignomínia de uma exposição permanente, como que para advertir e preservar os temerários que fossem tentados a segui-lo nessa via subversiva da ordem pública. Como os costumes se modificaram! E como os nossos célebres fabricantes de pianos, hoje em dia honorável e legitimamente recompensados, devem dar graças aos céus por não terem vivido nesses tempos antigos! Impulsionados pelo seu gênio, quanta concorrência eles teriam feito a Terpandro e quantas multas eles teriam pago!

No entanto, apesar dessa grande participação da música, tanto na vida pública quanto na vida privada dos gregos, e apesar desse grande consumo de coros de todos os tipos, de odes e de canções, nada nos chegou das suas composições. Tudo pereceu. Somente três fragmentos de música anotada chegaram até nós. Além do mais, essa penúria, essa ausência quase total de documentos escritos, se explica pela sua própria música, baseada em um sistema que não admitia a harmonia e que, de certa forma, a repelia. Eles não podiam, por conseguinte, ter aquilo que nós chamamos de *partituras*, reunião – que a cada dia se torna mais volumosa – das diferentes partes que, em nossa música moderna, constituem o conjunto de uma composição. Além disso, eles não tinham, propriamente falando, música anotada separadamente e não conheciam aquilo que nós chamamos de *partes* de orquestra ou de coros. Os signos que lhes serviam para escrever a música, todos tirados do alfabeto, eram traçados por cima do texto, no próprio manuscrito que continha a poesia; as melodias eram aprendidas de cor junto das letras. Talvez o corifeu, que regulava o andamento, fosse o único a ter diante dos olhos o texto assim acompanhado pelos sinais necessários para a direção da obra que estava sendo executada ou representada. Portanto, existia, provavelmente, se não estou enganado, pouca música escrita. Muitos cantos, aliás, eram tradicionais, eram *nomos*[2] consagrados para as diversas solenidades, e que todos sabiam e cantavam de memória, como ainda hoje nas igrejas, nos templos reformados e nos templos israelitas a assistência canta alguns versículos, alguns cantochãos e algumas melodias consagradas durante o serviço religioso. Será para sempre lastimável, tanto para os poetas quanto para os músicos, que algumas ou pelo menos uma única das obras dos grandes trágicos gregos não tenha podido chegar até nós com o seu cortejo de signos musicais, para nos ensinar como Ésquilo e Sófocles faziam com que fossem recitados os seus versos e cantados os seus coros. Que estudo curioso! Quantos enigmas a solucionar! Será que ainda é possível conservar a esperança de que alguns manuscritos assim anotados tenham, até hoje, escapado das pesquisas dos eruditos? Quem sabe se os mosteiros do monte Atos não escondem alguns deles? Quem sabe se a famosa biblioteca de Alexandria não seria depositária de tantas melopeias, para sempre perdidas? O feroz Omar[3] não tinha nenhuma razão para poupar esses cantos que não estavam no Corão. Quantas lamentações ele arranjou para os sábios, para as academias e para os conservatórios do mundo inteiro! Porém, não fiquemos comovidos além da medida com essa perda duvidosa, não derramemos demasiadas lágrimas por esse desastre imaginário.

2. "Espécie de canção dos antigos gregos, da qual não se podia modificar em nada a melodia. Os *nomos* continham as principais leis da vida civil ou louvores em honra de alguma divindade imaginária" (*Escudier*).
3. Segundo consta, os conquistadores muçulmanos utilizaram os manuscritos remanescentes da biblioteca de Alexandria como combustível para aquecer a água dos banhos públicos da cidade.

Se a nossa civilização perecesse um dia em um naufrágio geral, talvez acontecesse alguma coisa análoga, mas apenas para tudo aquilo que é romança[4], canção ou fragmento isolado de pouca extensão. Embora sejamos incomparavelmente mais ricos do que os gregos em música escrita (podemos mesmo dizer que temos uma riqueza incomensurável) e possamos deixar para os nossos sucessores cem mil vezes mais romanças do que as estátuas que os gregos nos deixaram, é provável que todos os fragmentos isolados perecessem: temos a comprovação disso pela rapidez com a qual desaparecem as romanças que datam apenas de alguns anos. Mas as partituras, sobretudo as modernas, talvez escapassem da destruição pela sua solidez. E, com o seu volume respeitável impedindo que elas fossem tão facilmente dispersas pela tempestade, elas permaneceriam como monumentos de uma arte perdida – como as pirâmides carregadas de hieróglifos – esperando por um novo Champollion.

Porém, se nós somos tão deserdados das obras dos músicos da Antiguidade, a teoria foi menos avara, porque muitos dos princípios que constituíam a sua arte foram recolhidos em livros. Os gregos nos legaram, portanto – e certamente não é uma compensação que possa satisfazer o artista ou o erudito –, quase todas as palavras que entravam na exposição do seu sistema musical. Eles fornecem, assim, ao vocabulário um número muito grande de palavras, as quais, em geral, encontram perfeitamente o seu lugar naquilo que nós sabemos das suas teorias. Muitas dessas palavras ainda figuram hoje em dia na linguagem usual dos músicos de todos os países, como *diapasão*, *corifeu*, *melodia* e *harmonia* (embora esta última, entre os antigos, estivesse longe de significar aquilo que significa para nós). Foi-se buscar, portanto, na Antiguidade, uma notável parcela das palavras que entram neste dicionário.

---

4. Composição para piano e canto de caráter sentimental, característica do século XIX, e geralmente curta.

Com o paganismo e com a civilização dos antigos, extingue-se e morre também a música dos gregos. Os romanos, que haviam recolhido de seus antecessores as artes totalmente prontas e que só tinham tido o trabalho de transportá-las para casa, não deixaram para a música nada que propriamente lhes pertencesse.

Para a música, a Idade Média começa por volta do final do século VI com o papa Gregório, o Grande. Duzentos anos antes, o bispo de Milão, Santo Ambrósio, já havia tentado fundar sobre as ruínas da música dos gregos a música que era reclamada pelos próprios templos cristãos. Porém, Gregório, o Grande, lançou as bases de uma teoria e – o que importa sobretudo para a história dos dicionários – deu nomes para os modos gregos que ele reconstituiu sob uma nova forma para o serviço da liturgia. Esses nomes se conservaram até os nossos dias e ainda são aqueles que são dados hoje aos tons da Igreja[5]. Esse período só termina no final do século XVI, abarcando assim, em sua duração, o espaço de dez séculos completos, desde Gregório (que subiu ao trono papal em 590) até 1594, época da morte do homem em quem se resumem e parecem se personificar os trabalhos, a paciência e as pesquisas dos mestres que haviam atravessado essa longa etapa, e que haviam arado seu campo mais ou menos profundo, mais ou menos fértil. Compreenda-se que estamos querendo falar de Palestrina[6], homem de temperamento simples e modesto, humilde capelão do Vaticano que certamente não sabia, ao escrever as missas e os motetos que lhe eram encomendados pelas suas funções, que selava com sua mão obscura o coroamento de um edifício no qual um papa ilustre havia colocado a primeira pedra – e sem que, também provavelmente, fosse dado a este último prever

---

5. "Os tons da Igreja são as maneiras de modular o cantochão sobre determinada final colocada no número presente. São em número de oito e dividem-se em *tons autênticos*, que são aqueles nos quais a tônica ocupa praticamente o mais baixo grau do canto, e nos *tons plagais*, nos quais o canto desce três graus abaixo da tônica" (*Escudier*).
6. Giovanni Pierluigi da Palestrina (1525-1594), compositor italiano.

quantos materiais e quantos séculos seriam necessários para finalizar o monumento que ele começava. Esses tetracórdios[7] que Gregório pegava emprestado dos pagãos, para formar com eles as suas gamas[8] cristãs, esses novos modos aos quais ele dava nomes antigos, tão cheios das recordações da Grécia e que, sem deixarem de ser frígios, dórios ou lídios, constituíam os cantos que enchiam o recinto das basílicas, iriam se tornar, durante mil anos, o ponto de partida de imensos trabalhos. Obras com as quais contribuíam os músicos de toda a Europa, para que dos últimos frangalhos dessa música grega, na qual a harmonia não podia se mostrar, pudessem, enfim, nascer e se desenvolver doravante todas as riquezas da harmonia, dessa arte – desconhecida pelos antigos – de fazer com que sejam ouvidas ao mesmo tempo várias vozes executando diferentes cantos, combinando-se sem se confundirem.

    Do mesmo modo que, nas escolas, o aluno se exercita inicialmente em compor em cima dos cantos que ele recebe de seu professor, e que por essa razão são chamados de *cantos dados*, parece que os cantochãos gregorianos serviram de *cantos dados* para os compositores daqueles tempos. É com base nesses cantochãos gregorianos que eles faziam a sua educação, ao mesmo tempo que a da geração que lhes devia suceder, até que eles, enfim, libertassem a harmonia, arte grave e pura, brilhando com um suave fulgor e que não tem nada de mundano. É assim que, do minério repleto de impurezas, sai o metal sem máculas que deve adornar o altar. Mas foram necessários mil anos para que ocorresse essa penosa e gloriosa transformação.

---

7. Série de quatro notas por graus conjuntos, que se divide em dois tons e um semitom".
8. "Todo sistema de música ou *tonalidade* possui uma espécie de fórmula chamada *gama*, que o resume e o representa. Assim, a gama dos gregos resume e representa o seu sistema musical; já a nossa gama moderna resume e representa nossa tonalidade moderna. Trata-se de uma série ascendente ou descendente de sons disposta de maneira conforme a tonalidade que ela deve representar" (*Escudier*).

Enquanto a música religiosa era assim constituída, enquanto os acordes nascidos dessa nova arte desabrochavam à sombra do santuário, a música profana não perdia seu tempo, os troveiros[9] seguiam o seu caminho e compunham alegres canções; ternos, apaixonados, zombeteiros, ingênuos e sempre bem-vindos, tanto nos nobres solares quanto nas cabanas, eles se preocupavam muito pouco com as regras inventadas pelos clérigos e marchavam alegremente, com grande desprezo pelos cânones e pelas fugas[10]. Eles tinham muita razão. Mantinham a música em equilíbrio. A música é como a justiça. Ela é uma balança com dois pratos. Os mestres da ciência alegre faziam contrapeso aos mestres da ciência séria, e todo mundo cantava. A música fácil e ligeira se impunha à força aos capelães e entrava na Igreja de braços dados com o *contraponto*, que a encobria e a disfarçava sem mascará-la. O homem devoto gemia com essas escandalosas alianças, o homem de bom gosto às vezes tapava os ouvidos, o douto ouvia o contraponto e deleitava-se com ele à sua maneira, enquanto o burguês, o camponês, e também o senhor – todos considerados "povo" em matéria de música – escutavam com recolhimento a canção mundana, e algumas vezes licenciosa, e ouviam apenas ela. Porque, para muitas pessoas não existem duas músicas; essas pessoas não distinguem de maneira alguma a música sacra da música profana.

Não existe para elas senão uma música, aquela que elas conhecem, ou seja, aquela que elas escutaram ao redor de um berço, na

9. Poetas do norte da França que, nos séculos XII e XIII, compunham poemas líricos ou narrativos na língua *d'oil*.
10. "O objeto essencial da fuga é ensinar, por meio de imitações artisticamente combinadas de diversos gêneros, a deduzir uma composição inteira de uma única ideia principal e, por aí, estabelecer ao mesmo tempo a sua unidade e a sua variedade. A ideia principal é chamada de *tema* da fuga. São chamadas de contratemas as outras ideias subordinadas à primeira, e dá-se o nome de resposta às diversas imitações de temas e contratemas. Compreende-se, de acordo com isso, que haverá um grande número de espécies de fugas, segundo a maneira como se fará a resposta" (*Escudier*).

escola, na dança, na aldeia, na planície e na montanha. Ela lhes serve em toda parte e é considerada sagrada ou profana de acordo com a ocasião e a necessidade. Sabe-se bem, além do mais, que o povo aprecia de bom grado o vinho grosseiro da taberna.

Precisamos voltar para os limites que nós nos prescrevemos, e que já transpusemos em demasia. Longe de nós pensar em traçar aqui um esboço, mesmo ligeiro, da história da música. Apressemo-nos, portanto, a dizer que esse período – que começa com a reforma dos cantos da Igreja pelo papa Gregório, o Grande; reforma à qual ele deixou seu nome e que se resume no belo estilo que conservou também o nome de Palestrina – foi um período completo, do qual se abarca o alcance com uma mirada, bem enquadrado entre esses dois nomes que marcam o seu início e o seu fim. Contribuiu para o dicionário com todo o vocabulário das antigas notações, da antiga solmização[11], do cantochão, da harmonia, da composição em várias partes, dos artifícios de todo gênero que ela comporta e das regras às quais ela deu origem.

Se Gregório, em vez de vincular a música religiosa ao sistema dos gregos, tivesse dado mais liberdade para esse instinto melódico que os povos sempre conservaram em diferentes graus, talvez os estudos dos mestres e dos pesquisadores tivessem tomado outra direção. Certamente, havia razão para impor, desde o início, uma barreira entre a música consagrada ao serviço de Deus e a música que serve para os usos habituais da vida. Porém, mesmo traçando e conservando com uma mão forte e severa esse limite desejável, e nele instalando – por assim dizer – uma forte guarda, ele teria acorrentado menos a inspiração se não tivesse acreditado dever atar tão estreitamente a música renascente

---

11. Corresponde ao uso de sílabas para designar os tons da escala musical. Trata-se de um processo sistematizado no século XI por Guido d'Arezzo, que utilizou as primeiras sílabas dos versos do hino a São João Batista (ut, ré, mi, fá, sol, lá) após perceber que a cada verso as sílabas subiam um grau na escala.

ao cadáver da música antiga. Talvez a música puramente expressiva tivesse nascido mais cedo se os homens eminentes que ilustraram e dirigiram a marcha da música durante esses dez séculos tivessem sido, no início, mais responsáveis por escolher o seu caminho e tivessem podido se orientar de acordo com a sua vontade. Quem sabe essa marcha não teria sido mais livre e mais audaciosa? Será que Josquin des Prés[12] e Palestrina, entre tantos outros, obedecendo à sua voz interior, guiados por esse gênio que os iluminava, mas carregados com menos entraves e experimentando menos resistência, não teriam levado mais para o alto o seu impulso? E será que, nesse voo mais rápido e mais elevado, não teriam visto o horizonte se ampliar em torno deles? Antecipando e aproximando o futuro, eles teriam lançado uma luz mais viva sobre o caminho que seguiam os seus contemporâneos e sobre as trilhas percorridas pelos músicos vulgares. Porque não basta que o povo cante, é preciso que alguns homens hábeis e dotados por Deus se ponham à frente da arte e lhe imprimam uma direção vigorosa, para que ela se afaste a tempo das rotinas banais nas quais o canto popular se atola de bom grado. Sem isso, a música permanece no estado em que a vemos ainda hoje em certos países afastados dos grandes centros de civilização. Neles, ela se mantém estacionária; fechada em um círculo estreito que não pode mais transpor, confundida com os velhos usos e com as velhas tradições. Ela não passa de um desses velhos costumes da terra transmitidos de pai para filho e mal merece receber o nome de arte – qualquer que possa ser, aliás, o encanto de algumas melodias, cheias de colorido, que muitas vezes refletem com uma graça inexprimível os lugares e os costumes do país que as viu nascer, mas que não mudam nunca e envelhecem, sem morrer, em uma originalidade estéril e improdutiva. Trata-se de uma questão que não pode ser resolvida hoje em dia a não ser por

---

12. Ou Jodocus Pratensis (na forma latina), compositor francês nascido da Picardia (1440?-1521?).

hipóteses – questão para qual é preferível, não buscar a solução –, e que eu só abordei a contragosto e com hesitação: a de saber se Gregório, o Grande, ao indicar de uma maneira tão absoluta o caminho que deviam seguir os músicos, não terá desviado, e por um longo espaço de tempo, a arte do seu verdadeiro caminho. De resto, é preciso reconhecer que os trabalhos desses músicos estavam em conformidade com o espírito geral daquele tempo.

A partir do momento que Palestrina e seus contemporâneos atingiram a finalidade para a qual tendiam os trabalhos que haviam preenchido esses dez séculos, tudo pareceu rejuvenescer em torno da música. Ela sai da Igreja e, abandonando pouco a pouco as suas vestimentas modestas, adquire o gosto pelos ornamentos e pelos ricos adornos. Um instinto secreto acabava de revelar aos jovens músicos daquele tempo que a ciência religiosa havia dito a sua derradeira palavra, e que não havia nada a ser acrescentado ao estilo puro, moderado e contido que era admirado na capela Sistina. Para assinalar bem que tudo estava esgotado por aquele lado, eles ergueram uma barreira que o tempo não deslocou – e que ele, pelo contrário, reforçou mais a cada dia – e, cheios de um zelo ardente, penetraram sem hesitação em uma nova via. Eles fecharam atrás de si as portas do santuário e lançaram-se ao mundo com a música que doravante lhes pertencia, exigindo dela cantos para todas as paixões humanas.

Foi então que começaram as primeiras tentativas da música unida ao drama em um abraço íntimo, dedicando a ele todas as suas forças, animando-o com o seu calor, trazendo para ele uma expressão mais profunda, uma entonação mais persuasiva. Porém, é preciso observar que foram ainda as recordações da Grécia que inspiraram esses novos estudos, como se tudo aquilo que dissesse respeito à música tivesse que vir da Antiguidade. O futuro ainda uma vez mais interrogou o passado, e todas as esperanças se voltaram para esses monumentos, para essas estátuas que a Grécia havia legado à Itália, modelos imperecíveis que os arquitetos e os escultores, mais ditosos que os músicos, se apressaram a estudar tanto em seu conjunto quanto em seus detalhes. Disseram que um véu tinha acabado de cair e havia deixado descobertas todas as riquezas que até então só haviam impressionado olhos sem visão. Um jovem gênio, o gênio da Renascença, iluminando com seu archote essas maravilhas da arte e, com um sopro poderoso, dissipando tantas trevas, devolvia todo o seu brilho a essas belezas ocultas sob a poeira dos séculos. Então, pôde também jorrar livremente a faísca que os frios estudos haviam congelado nos corações, e a chama conseguiu se acender nos espíritos que Deus havia escolhido.

Era a tragédia de Ésquilo, de Sófocles e de Eurípides que apaixonava os inovadores, homens jovens, letrados, elegantes em seu amor pela Antiguidade, da qual eles assim evocavam todas as artes esquecidas. Da mesma forma que dos tetracórdios e dos modos dos gregos havia nascido a música cristã, da melopeia e do coro antigo devia nascer a tragédia lírica moderna. Roma, a metrópole dos papas, tinha sido o berço da primeira transformação. Alguns patrícios de Florença foram, dez séculos mais tarde, os artífices da segunda, tão diferente da primeira em sua tendência, em seus efeitos e em sua poesia. Foi em Florença, com efeito, que primeiramente brilhou o signo dessa renascença, à qual se ligava também um nome já ilustre, e que logo deveria brilhar com um fulgor ainda mais vivo: Vincenzo Galilei, pai de Galileu Galilei, era um dos chefes dessa nova escola.

A contar desses primeiros ensaios, que ocorreram em meados do século XVI, começou a marcha incessante da arte musical em direção à expressão dramática. Essa terceira época, ligada aos nossos dias por uma corrente de trabalhos sem interrupção, contribui, portanto, para o dicionário com todas as palavras que compõem o vocabulário da música destinada ao teatro, o qual compreende principalmente: o recitativo as diferentes formas dos fragmentos, que são sucessivamente acrescentados em suas diversas proporções, desde a ária para uma só voz até as composições mais ricas e mais complicadas e o *finale*, maravilhosa reunião dos personagens do drama com o coro, todos animados por paixões diversas; as novas medidas; os movimentos, que indicam o andamento da medida; os matizes, que valorizam a expressão; a instrumentação, que estendia sempre o seu domínio e se introduzia pouco a pouco até na música da Igreja. E, por fim, a música puramente instrumental, nascida totalmente a partir desse tempo, desde os curtos ritornelos[13] das primeiras tentativas de ópera até a sinfonia, última criação dos tempos modernos.

É preciso falar agora das palavras que não pertencem a nenhuma das três divisões que acabamos de traçar – ou melhor, que se traçam por si mesmas, por assim dizer, na história da linguagem musical.

Sabe-se pouca coisa sobre a música dos hebreus e, no entanto, a música ocupava um lugar importante nas suas cerimônias religiosas. Ela era uma das magnificências do templo de Salomão, no qual um numeroso coro de levitas, acompanhado por harpas, cantava os louvores ao Senhor. Aqui não é o lugar para tratar dessa matéria nem para falar dos cânticos utilizados hoje em dia nos templos dos israelitas – onde todas as preces ainda se fazem com música –, da recitação que lhes é peculiar e das suas entonações vocais. Digamos apenas que as palavras encontradas nos livros santos são, na sua maioria, nomes de instrumentos musicais, sobre cuja significação nem sempre se está de acordo.

É preciso mencionar também as palavras que pertencem a diversas civilizações mais ou menos eclipsadas e que servem para designar diferentes melodias que conservaram, ao mesmo tempo, sua individualidade e seu nome primitivo; tal como as árias vindas dos países do Norte, da Irlanda, da Escócia, da antiga Inglaterra, da Alemanha, da Hungria, de certas partes da Itália, da Espanha e da França; tal como os cantos nascidos nas montanhas, que têm um aroma cheio de uma áspera

---

13. Refrão que, nos madrigais dos séculos XIV a XVI, se repetia a cada estrofe, sempre com mesma letra e música.

suavidade que lhes é peculiar. Essas árias às vezes são para dança; outras vezes, cantos consagrados a certas cerimônias, a certos usos locais; outras são cantos patrióticos, transformados em símbolos vivos de uma nacionalidade extinta ou ainda florescente. Ou, então, são cantos inspirados pelo amor, esse motor eterno das inspirações dos poetas e dos músicos. Essas melodias tradicionais das quais falamos são as flores silvestres da música que a arte não fecundou, mas que os compositores mais renomados não desdenham colher quando as encontram em seu caminho.

Quanto às diferentes músicas que têm hoje em dia o privilégio de encantar os povos do Oriente – turcos, mouros, árabes, hindus e chineses –, elas também trazem a sua contribuição para o dicionário. Ele se compõe de palavras que talvez sejam claras para os músicos dessas regiões, mas que, na sua maior parte, nós não compreendemos, assim como não compreendemos a sua própria música, da qual não tivemos senão alguns fragmentos trazidos para a Europa por artistas de todas as cores – os quais, na verdade, não eram provavelmente nem os Paganini, nem os Rossini e nem os Mozart de seus países. Essas palavras se aplicam a alguns *modos* que nós pouco conhecemos, a alguns instrumentos de uma forma muito primitiva, com uma sonoridade ora incerta, ora muito barulhenta. O gongo ou tantã, os címbalos, o triângulo, os guizos, as campainhas, as sinetas, a trombeta chinesa, o bumbo, os tímbalos e os tambores são os únicos empréstimos que nós tomamos das orquestras do Oriente – e quantas vezes, e com que azedume, não se censurou por esses empréstimos os compositores da atualidade! No entanto, eles nada mais fizeram do que ceder ao desejo bem legítimo de aumentar os gozos de um público muito ingrato, e não é culpa deles se, nesses bazares tão renomados, não encontraram uma mercadoria menos retumbante. Apanha-se aquilo que se pode, o músico tem o espírito invasor:

Ele preferiu pegar as sinetas do vendedor de camelos
A sair do bazar de mãos abanando.

Essas músicas, de resto, estão destinadas a desaparecer diante da arte europeia, que já entrou no seu território como aliada ou como conquistadora, seja à frente dos regimentos ou com esses teatros que ousados navegadores não temem em transportar através do oceano, e que erguem como templos nômades no meio desses povos que precisam ser convertidos à verdadeira música.

O primeiro dicionário de música publicado na França deveu-se a um padre, Sébastien de Brossard, capelão-mor e mestre de música da catedral de Meaux. São esses os títulos que ele coloca embaixo da dedicatória da primeira edição, que foi publicada em Paris em 1703; e essa dedicatória é dirigida ao bispo de Meaux, Bossuet[14]. Este, então com 75 anos – um ano somente antes da sua morte –, não desdenhou aceitar a homenagem do principal mestre de música da diocese que ele governava havia 22 anos.

> Este santo ardor – diz-lhe Brossard, em sua epístola dedicatória – que vos anima a cumprir, em toda a sua extensão, os sagrados deveres do episcopado, não se manifesta somente nas funções mais eminentes; ele compraz-se ainda a descer aos empregos mais simples e não encontra nada que não seja Grande e Augusto nas menores partes do culto a Deus. A música é uma dessas partes, não é possível negar isso. Seus primeiros sons foram consagrados a cantar louvores ao Senhor, e se a corrupção dos homens pretendeu desviá-la da sua fonte para aplicá-la a objetos profanos, ela nem por isso se tornou menos pura nem menos edificante para os corações que o Espírito Santo preservou do contágio.

---

14. Jacques Bénigne Bossuet (1627-1704), religioso e escritor francês nascido em Dijon.

O dicionário de Brossard foi o primeiro publicado em língua moderna.

É verdade – diz Fétis[15] – que desde o século XV Tinctor havia composto uma coletânea de definições dos termos musicais em uso no seu tempo; é verdade também que o boêmio Janowka havia publicado em Praga um léxico de música em latim, dois anos antes que Brossard apresentasse o seu dicionário. Porém, o *Definitorium* de Tinctor, manuscrito inédito, era de uma excessiva raridade e jamais havia sido consultado por Brossard, assim como o léxico de Janowka, tal como é possível ver no catálogo dos livros que ele leu.

Porque Brossard juntou ao seu dicionário um *catálogo com mais de novecentos autores que escreveram sobre música, em todos os tipos de tempos, de países e de línguas*.

Brossard não havia pensado inicialmente em fazer um dicionário. Ele havia composto e publicado diversos livros de motetos. Nessas composições, todas as indicações de movimentos e de matizes estavam em italiano, como ainda se faz hoje em dia. Porque, se o francês é a língua cosmopolita, a língua da conversação, o italiano, língua dos músicos – em virtude de uma excelente convenção –, forneceu uma espécie de segunda notação, com a ajuda da qual todos os pianistas, todos os violinistas, todos os instrumentistas e todos os compositores espalhados pela superfície do globo se compreendem e escapam aos inconvenientes de uma segunda torre de Babel. Um músico alemão, ou eslavo, ou inglês, ou cafre, ou hotentote não é obrigado a saber o que significam as palavras francesas *lentement, gaiement, vite*; um francês não é obrigado

---

15. François-Joseph Fétis (1784-1871), compositor e crítico musical belga, autor da monumental *Biografia universal dos músicos e bibliografia geral da música*.

a compreender essas mesmas palavras nas línguas que ele não sabe, mas todos os músicos de todos os países devem entender – e entendem – as palavras *adagio, allegro* e *presto*, e *crescendo*, e *smorzando*[16], e tantas outras que deixaram de ser italianas para se tornarem técnicas, sacrificando a sua nacionalidade para se naturalizarem musicais. Muitos artistas não sabem muito mais do que isso e se contentam com essa bagagem leve. Porém, esse acordo tácito, esse tratado de aliança feito entre todas as nações, sancionado por um uso longo e constante, nem por isso deixa de ser uma verdadeira homenagem prestada à terra natal das artes.

Todas as indicações necessárias estavam, portanto, em italiano nos motetos de Brossard, que sabia perfeitamente essa língua. Mas o prudente abade, desconfiando da inteligência ou da erudição de seus leitores e de seus chantres, tomou a precaução de fazer com que os seus motetos fossem precedidos de um vocabulário que explicava em francês o sentido de todas as palavras italianas necessárias à *boa execução da música*, como ele mesmo diz, justificando timidamente a sua inovação um tanto injuriosa para os músicos do seu tempo. Sua tentativa teve êxito, e foi esse pequeno catálogo que ele completou depois e publicou separadamente com o título de *Dicionário de música, contendo uma explicação dos termos gregos, latinos e franceses mais utilizados na música*. Algumas partes desse trabalho são excelentes e podem ainda ser consultadas com proveito, sobretudo para aquilo que tange ao *sistema* grego, ou seja, o conjunto dos modos e dos tetracórdios de diferentes gêneros e as antigas notações, que Brossard conhecia bem. Em geral, suas definições são concisas e perfeitamente claras, e existe em todo o seu livro um caráter de simplicidade e de boa-fé que seduz. Ele não se compromete, não se arrisca, e, quando duvida, se abstém,

---

16. Termo utilizado para indicar que a sonoridade deve diminuir gradualmente até se extinguir.

principalmente quando se trata de nomes próprios ou quando seria necessário tomar partido a propósito de determinadas invenções atribuídas algumas vezes a vários músicos diferentes. Assim, depois de ter falado do tetracórdio ou sistema de Mercúrio, "a quem é atribuída comumente a sua invenção, por volta do ano 2000 do mundo", e de Pitágoras, "que, segundo a opinião mais comum, havia estabelecido algumas regras para descobrir as proporções dos sons", ele acrescenta: "Porém, como viram que esses oito sons não eram suficientes, diversos indivíduos acrescentaram pouco a pouco outras cordas etc.". Eis aí um meio ingênuo de se safar de embaraços e de evitar discussões.

Porém, ter explicado, traduzido e comentado todas as palavras italianas empregadas na música não era tudo. O abade Brossard não estava satisfeito; ele queria ainda que se soubesse lê-las harmoniosamente, que elas fossem pronunciadas em toda a sua pureza, como por um verdadeiro toscano, como por um acadêmico da Crusca[17]; ele teria de bom grado feito o Arno desaguar no Sena. Ele pôs, portanto, na sequência do seu dicionário, um *Tratado sobre a maneira de bem pronunciar as palavras italianas*. Algumas das explicações do abade parecem ter sido tiradas do sr. Jourdain[18]. Assim, ele diz que a letra A deve ser pronunciada *com a boca bem aberta, os lábios bem separados*, e, sobretudo, *com os dentes bem afastados*, quer dizer, "que é necessário que a mandíbula esteja de tal modo abaixada ou separada do maxilar superior que, no mínimo, a língua possa passar livremente entre os dentes. Eu digo *no mínimo*, porque, se for possível separá-la mais, será tanto melhor". A obra é completada pela lista dos novecentos autores da qual nós já falamos. Em seguida, o autor, com uma prece tocante, solicita aos detentores de livros ou de manuscritos que ele desconheça, e com

---

17. A Academia da Crusca foi uma sociedade literária fundada em Florença, no século XVI, e que produziu um célebre dicionário.
18. Halévy refere-se ao protagonista da comédia *O burguês fidalgo*, de Molière, que aprende a pronunciar corretamente com a ajuda de seu professor de filosofia.

as precauções e as instruções mais minuciosas, "que lhe *vendam* ou que os *troquem* com ele, ou que lhe *emprestem*, com toda a segurança e com as garantias que desejarem".

O dicionário de Jean-Jacques Rousseau veio somente cinquenta anos mais tarde. A primeira edição foi publicada em 1758; era em grande parte o trabalho que ele havia realizado para a *Enciclopédia*, a qual tinha revisto com o intuito de refazer por inteiro. No prefácio da segunda edição, datado de Motiers-Travers, em 20 de dezembro de 1764 (logo fará um século, e a música mudou muito desde então), ele não atribui grande importância à sua obra e lamenta não ter tido tempo disponível para realizar uma obra tratada com mais cuidado. Ele adverte aqueles que não querem aceitar senão os livros benfeitos para que não empreendam a leitura do seu. Ele pensa, no entanto, que aqueles que não são desviados do bem pelo mal talvez encontrem nele um número suficiente de bons artigos para tolerarem os ruins, e, mesmo nos ruins, um número suficiente de observações novas e verdadeiras para que valha a pena selecioná-las e escolhê-las dentre o resto. "Os músicos leem pouco", diz ele, "e, no entanto, conheço poucas artes nas quais a leitura e a reflexão sejam mais necessárias. [...] Os melhores livros", diz ele, mais adiante, "são aqueles que o vulgo deprecia, e dos quais as pessoas de talento tiram proveito sem deles falar." É preciso tudo perdoar a um homem tal como Rousseau: suas omissões, seus erros, suas obscuridades; tudo, até o seu desdém – podemos dizer o seu ódio – por Rameau[19] e suas obras; é necessário ter o seu livro e lê-lo, não apenas o consultar.

Dois dicionários foram publicados na França depois do de Rousseau. O *Dicionário de música moderna*, de Castil-Blaze, que teve duas edições (das quais a última foi publicada em 1825), e o do dr. Lichtenthal, traduzido do italiano em 1839 por Dominique Mondo. A essa lista

---

19. Provavelmente pelo fato de Rameau ter escrito alguns opúsculos nos quais denunciava e corrigia os erros referentes à música contidos na *Enciclopédia*.

é preciso acrescentar o dos srs. Escudier, que quiseram fazer um manual cômodo, útil a todos, no qual o artista possa se informar e o amador possa se esclarecer e encontrar a explicação das palavras tão frequentemente empregadas hoje em dia pela crítica musical.

Em resumo, as palavras que entram em um dicionário de música têm, portanto, como origens diversas, e seguindo a ordem dos tempos, a Bíblia e o antigo Oriente, a Antiguidade pagã, a Idade Média, a Renascença e os Tempos Modernos.

Se fosse possível organizar essas palavras por ordem cronológica e classificá-las por época, em vez de seguir a ordem alfabética recomendada de modo absoluto pelo uso ao qual um dicionário está destinado, teríamos diante dos olhos, por assim dizer, uma imagem das revoluções que a música sofreu. Do mesmo modo como o olho do geólogo interroga a terra e segue o trabalho dos séculos no depósito dos terrenos de formações diversas, para o artista, para o poeta e para o filósofo que quisessem conhecer o estado da arte em cada uma das suas fases, essas palavras assim dispostas em camadas sucessivas – testemunhos falantes da história da música nos diferentes períodos – mostrariam cada época em seu conjunto e diriam o quanto a música, à medida que se distanciava da sua origem, adquiria força e consistência. Avaliando com um único olhar a riqueza desses preciosos destroços, atravessando por meio do pensamento as épocas das quais eles são muitas vezes os únicos vestígios, escavando no seio desse solo sempre fértil e comparando entre si as produções variadas que ele nunca parou de fornecer, o observador precisaria inicialmente atravessar as trevas que envolvem os primeiros tempos. Depois, remontando gradualmente à luz que nos ilumina, ele encontraria por fim o terreno no qual caminhamos hoje em dia; terreno potente e fecundo, rico por aquilo que já deu, assim como por aquilo que ainda promete, no qual estão assentadas as teorias modernas, e que está coberto por tantos belos monumentos erigidos pelos nossos mestres e pelo gênio de nossos contemporâneos. Se alguns desses monumentos já estão vacilando, outros ainda estão firmes, e serão justamente admirados até o dia em que, sucumbindo eles próprios ao peso do tempo, e caídos na poeira, confundirem sua lembrança com a lembrança desvanecida das raças extintas e dos edifícios desmoronados. Eles cederão, então, o seu lugar aos trabalhos de uma escola da qual só o porvir tem o segredo, trabalhos que se tornarão, por sua vez, o símbolo de mais uma etapa no caminho que a humanidade não cessa de percorrer; transformação nova, acrescentada a tantas outras, dessa arte tão antiga e, no entanto, sempre jovem, renascendo de si própria no instante em que envelhece, que desce até o povo permanecendo um mistério, semelhante a esses rios benfazejos que correm caudalosos e dos quais se ignoram as fontes ocultas, dessa arte que desperta no fundo da alma a prece para levá-la aos céus e que é, para aqueles que a cultivam, uma felicidade a mais nos dias gloriosos e um supremo consolo na dor.

Hector Berlioz (1803-1869)[1]

Música[2]

Música, arte de comover, por meio das combinações de sons, os homens inteligentes e dotados de órgãos especiais e exercitados. Definir assim a música é confessar que nós não acreditamos que ela seja, como se diz, *feita para todo mundo*. Quaisquer que sejam, com efeito, as suas condições de existência, quaisquer que tenham sido um dia os seus meios de ação, simples ou compostos, brandos ou enérgicos, sempre pareceu evidente para o observador imparcial que, como um grande número de indivíduos não podia sentir nem compreender o seu poder, estes últimos *não eram feitos para ela* e, por conseguinte, *ela não era feita para eles*.

A música é ao mesmo tempo um sentimento e uma ciência; ela exige da parte daquele que a cultiva, executante ou compositor, uma inspiração natural e alguns conhecimentos que só são adquiridos através de longos estudos e de profundas meditações. A reunião do saber e da inspiração constitui a arte. Fora dessas condições, o músico não será, portanto, senão um artista incompleto, se é que ele merece o nome de artista. A grande questão da preeminência da organização sem estudo sobre o estudo sem organização, que Horácio não ousou resolver

---

1. Os textos "música" e "costusmes musicais da China" deste capítulo foram retirados de Hector Berlioz, *À travers chants*. Paris, Michel Lévy Frères, 1862, p.1-14/252-258.
2. Este capítulo foi publicado há uma vintena de anos em um livro que já não existe mais e do qual diversos fragmentos são reproduzidos neste volume. O leitor talvez não fique aborrecido por reencontrá-lo antes de seguirmos com o estudo analítico que realizaremos sobre algumas obras-primas da arte musical. (N. A.)

positivamente para os poetas, parece-nos igualmente difícil de decidir para os músicos. Tem-se visto alguns homens completamente estranhos a essa ciência produzirem por instinto algumas canções graciosas, e mesmo sublimes, como testemunha Rouget de l'Isle e sua imortal *Marselhesa*. Porém, esses raros clarões de inspiração não iluminam senão uma parte da arte, enquanto as outras, não menos importantes, permanecem às escuras. Segue-se daí, com relação à natureza complexa de nossa música, que esses homens definitivamente não podem ser incluídos entre os músicos: ELES NÃO SABEM.

Encontram-se mais vezes ainda alguns espíritos metódicos, calmos e frios que, depois de terem estudado pacientemente a teoria, acumulado as observações, exercitado longamente o seu espírito e tirado todo o partido possível das suas faculdades incompletas, conseguem escrever algumas coisas que correspondem na aparência às ideias que se tem vulgarmente sobre a música, satisfazendo os ouvidos sem encantá-los, sem nada dizerem ao coração ou à imaginação. Ora, a satisfação da audição está muito longe das sensações deliciosas que esse órgão pode experimentar. Os gozos do coração e da imaginação não são também daqueles aos quais se possa facilmente não dar importância; e como eles encontram-se reunidos a um prazer sensual dos mais vivos nas verdadeiras obras musicais de todas as escolas, esses produtores impotentes também devem, portanto, segundo pensamos, ser riscados do rol dos músicos: ELES NÃO SENTEM.

Aquilo que nós chamamos de *música* é uma arte nova, no sentido de que ela se assemelha muito pouco – com bastante probabilidade – àquilo que os antigos povos civilizados designavam por esse nome. Além do mais, é preciso dizer logo, essa palavra tinha entre eles uma acepção de tal modo extensa que, longe de significar simplesmente, como hoje em dia, a arte dos sons, ela era aplicada igualmente à dança, ao gesto, à poesia, à eloquência e até mesmo à coleção de todas as ciências. Supondo, etimologicamente, que a palavra *música* provenha de *musa*, o vasto sentido que lhe dão os antigos se explica naturalmente.

Ela exprimia e devia exprimir, com efeito, *aquilo que é presidido pelas Musas*. Daí os erros nos quais incorreram, nas suas interpretações, muitos comentadores da Antiguidade. Existe, no entanto, na linguagem atual, uma expressão consagrada cujo sentido é quase tão geral. Nós dizemos: *a arte*, falando da reunião dos trabalhos da inteligência, seja sozinha, seja ajudada por alguns órgãos e alguns exercícios do corpo que o espírito poetizou. De forma que o leitor que, daqui a dois mil anos, encontrar em nossos livros esta frase que se tornou o título banal de muitas divagações: "Do estado da arte na Europa do século XIX", deverá interpretá-la assim: "Do estado da poesia, da eloquência, da música, da pintura, da gravura, da estatuária, da arquitetura, da ação dramática, da pantomima e da dança na Europa do século XIX". Vê-se que, quase somente com a exceção das ciências exatas – às quais ela não se aplica –, nossa palavra *arte* corresponde muito bem à palavra *música* dos antigos.

O que era entre eles a arte dos sons, propriamente dita, nós não sabemos senão muito imperfeitamente. Alguns fatos isolados – contados talvez com um exagero do qual vemos cotidianamente exemplos análogos –, as ideias bombásticas ou totalmente absurdas de alguns filósofos e algumas vezes também a falsa interpretação dos seus escritos tenderiam a atribuir a ela imenso poder e tão grande influência sobre os costumes que os legisladores deviam, no interesse dos povos, determinar o seu desenvolvimento e regulamentar o seu emprego. Sem levar em conta algumas causas que podem ter colaborado para a alteração da verdade com relação a isso, e admitindo que a música dos gregos tenha realmente produzido sobre alguns indivíduos impressões extraordinárias, que não eram devidas nem às ideias expressas pela poesia nem à expressão facial ou à pantomima do cantor, e sim à própria música e somente a ela, o fato não provaria de maneira alguma que essa arte tivesse atingido entre eles um alto grau de perfeição. Quem não conhece a violenta ação dos sons musicais, combinados da maneira mais ordinária, sobre os temperamentos nervosos em certas circunstâncias? Depois de um esplêndido festim, por exemplo, quando, incitado pelas aclamações inebriantes de uma multidão de adoradores, pela lembrança de um triunfo recente, pela esperança de novas vitórias, pela visão das armas e das belas escravas que o rodeavam e pelas ideias de volúpia, de amor, de glória, de poder e de imortalidade, ajudadas pela ação enérgica da boa comida e do vinho, Alexandre – cujo organismo, além disso, era tão impressionável – delirava com as entonações de Timóteo. Imaginamos muito bem que não tenham sido necessários grandes esforços de gênio da parte do cantor para agir tão fortemente sobre essa sensibilidade levada a um estado quase doentio.

Rousseau, citando o exemplo mais moderno do rei da Dinamarca, Eric, que alguns cantos o deixavam furioso a ponto de matar os seus melhores criados, faz observar – é verdade – que esses infelizes deviam ser muito menos sensíveis à música do que o seu senhor; de outro modo, ele poderia ter corrido a metade do perigo. Mas o instinto paradoxal do filósofo se revela ainda nesta espirituosa ironia. Ah, sim, sem dúvida, os servidores do rei dinamarquês eram menos sensíveis à música do que o seu soberano! O que haveria de espantoso nisso? Não seria, pelo contrário, muito estranho que fosse de outro modo? Não se sabe que o senso musical se desenvolve por meio do exercício? Que certas afeições da alma, muito ativas em alguns indivíduos, o são muito pouco em muitos outros? Que a sensibilidade nervosa é de alguma forma o apanágio das classes elevadas da sociedade, enquanto as classes inferiores – seja por causa dos trabalhos manuais aos quais se entregam, seja por qualquer outra razão – são praticamente desprovidas dela? E não será porque essa desigualdade nas organizações é incontestável e incontestada que nós restringimos tão fortemente, ao definir a música, o número dos homens sobre os quais ela atua?

No entanto, Rousseau, mesmo ridicularizando assim essas narrativas das maravilhas operadas pela música antiga, parece em outros lugares conceder a elas credibilidade suficiente para colocar muito acima da arte moderna essa arte antiga que nós mal conhecemos e que ele não conhecia melhor do que nós. Ele devia, menos do que qualquer outro, depreciar os efeitos da música atual, pois o entusiasmo com o qual fala deles em toda parte comprova que eram, sobre ele, de uma intensidade das menos ordinárias. Seja como for, e lançando os nossos olhares somente à nossa volta, será fácil citar, a favor do poder da nossa música, alguns fatos seguros, cujo valor é no mínimo igual ao das duvidosas anedotas dos antigos historiadores. Quantas vezes não temos visto, ao ouvirem as obras-primas de nossos grandes mestres, alguns espectadores agitados por terríveis espasmos, chorando e rindo ao mesmo tempo, manifestando todos os sintomas do delírio e da febre! Um jovem músico provençal, sob o domínio dos sentimentos passionais que nele havia feito nascer a *Vestale*[3] de Spontini, não pôde suportar a ideia de voltar para o nosso mundo prosaico, ao sair do céu de poesia que lhe acabava de ser aberto. Ele preveniu, por cartas, os seus amigos da sua intenção e, depois de ter ouvido mais uma vez a obra-prima, objeto de sua admiração extática, pensando com razão que havia atingido o máximo da soma de felicidade reservada ao homem nesta terra, uma noite, na porta da Ópera, estourou os miolos.

A célebre cantora Madame Malibran[4], ouvindo pela primeira vez, no Conservatório[5], a *Sinfonia em dó menor* de Beethoven, foi tomada por tamanhas convulsões que foi preciso carregá-la para fora da sala. Vinte vezes temos visto, em caso semelhante, homens sérios serem obrigados a sair para subtraírem aos olhares do público a violência das suas emoções. Quanto àquelas que o autor deste estudo deve pessoalmente à música, ele afirma que nada no mundo poderia dar uma ideia exata delas a quem nunca as experimentou. Sem falar das afeições morais que essa arte desenvolveu nele, e para não citar senão

---

3. *La Vestale*, ópera do compositor italiano Gaspare Spontini (1774-1851).
4. Maria Malibran (1808-1836), francesa de origem espanhola, foi uma das maiores divas da ópera de todos os tempos.
5. Toda citação feita ao Conservatório neste volume se refere ao Conservatório de Paris, instituição importante no cenário musical francês do século XIX. (N. E.)

as impressões recebidas e os efeitos experimentados no próprio momento da execução das obras que ele admira, eis aquilo que ele pode dizer com toda a verdade:

Com a audição de certos trechos de música, minhas forças vitais parecem inicialmente duplicadas. Eu sinto um prazer delicioso, no qual o raciocínio não tem nenhuma participação – o hábito da análise vem em seguida, por si mesmo, para fazer nascer a admiração. A emoção, crescendo na razão direta da energia ou da grandeza das ideias do autor, logo produz uma estranha agitação na circulação do sangue; minhas artérias pulsam com violência; as lágrimas que, normalmente, anunciam o fim do paroxismo não indicam muitas vezes senão um estado progressivo, que deve ser em muito ultrapassado. Nesse caso, ocorrem algumas contrações espasmódicas dos músculos, um tremor em todos os membros, um *adormecimento total dos pés e das mãos*, uma paralisia parcial dos nervos da visão e da audição – eu não vejo mais, apenas escuto: vertigem... semidesfalecimento... Pensamos que as sensações levadas a esse grau de violência são bastante raras, e que – além do mais – existe um vigoroso contraste a lhes contrapor: o do *mau efeito musical*, produzindo o contrário da admiração e do prazer. Nenhuma música atua mais fortemente nesse sentido do que aquela cujo principal defeito me parece ser a platitude, juntamente da falsidade de expressão. Então, eu enrubesço como se estivesse com vergonha, uma verdadeira indignação se apodera de mim. Seria possível acreditar, vendo-me, que eu acabava de ser vítima de um desses ultrajes para os quais não existe perdão. Produz-se, para expulsar a impressão recebida, uma sublevação generalizada, um esforço de excreção em todo o organismo, análogo aos esforços do vômito, quando o estômago quer expelir um líquido nauseabundo. São o desgosto e o ódio levados ao seu limite extremo; essa música me exaspera, e eu a vomito por todos os poros.

Sem dúvida, o hábito de disfarçar ou de dominar meus sentimentos raramente permite que estes se mostrem com toda a sua clareza.

E se, por vezes, me ocorreu, depois da minha primeira juventude, de deixar que eles se manifestassem, é que tinha me faltado tempo para refletir, eu tinha sido pego desprevenido.

A música moderna não tem, portanto, nada a invejar em potência à dos antigos. No momento atual, quais são os modos de ação da nossa arte musical? Eis aqui todos aqueles que nós conhecemos e, embora eles sejam muito numerosos, não está provado que seja impossível, no futuro, descobrir ainda alguns outros. São eles:

A melodia

Efeito musical produzido por diferentes sons ouvidos *sucessivamente* e formulados em frases mais ou menos simétricas. A arte de encadear de uma maneira agradável essas séries de sons diversos ou de dar-lhes um sentido expressivo não pode ser aprendida. É um dom da natureza que a observação das melodias preexistentes e o caráter próprio dos indivíduos e dos povos modificam de mil maneiras.

A harmonia

Efeito musical produzido por diferentes sons ouvidos *simultaneamente*. Somente as disposições naturais podem, sem dúvida, fazer o grande harmonista. No entanto, o conhecimento dos grupos de sons produzidos pelos *acordes* (geralmente reconhecidos como agradáveis e belos) e a arte de encadeá-los regularmente são ensinados em toda parte com sucesso.

O ritmo

Divisão simétrica do tempo através dos sons. Não se ensina o músico a encontrar belas formas rítmicas; a faculdade particular que faz com que ele as descubra é uma das mais raras. De todas as partes da música, o ritmo nos parece ser hoje em dia a menos avançada.

A expressão

Qualidade pela qual a música se encontra em relação direta de caráter com os sentimentos que ela quer traduzir, com as paixões que quer despertar. A percepção dessa relação é excessivamente pouco comum. Vê-se frequentemente todo o público de uma sala de concertos, que um som duvidoso revoltaria instantaneamente, escutar sem descontentamento, e mesmo com prazer, alguns trechos cuja expressão é de uma completa falsidade.

As modulações

Designam-se hoje em dia por essa palavra as passagens ou transições de um tom ou de um modo para um modo ou para um tom novo. O estudo pode fazer muito para ensinar ao músico a arte de deslocar assim, com vantagem, a tonalidade e de modificar oportunamente a sua constituição. Em geral, os cantos populares modulam pouco.

A instrumentação

Consiste em fazer que cada instrumento execute aquilo que melhor convém à sua própria natureza e ao efeito que se trata de produzir. É, além disso, a arte de agrupar os instrumentos de maneira a modificar o som de uns pelo dos outros, fazendo que do conjunto resulte um som particular que nenhum deles produziria isoladamente ou reunido aos instrumentos da sua espécie. Essa faceta da instrumentação é exatamente, na música, aquilo que o colorido é na pintura. Poderosa, esplêndida e muitas vezes exagerada hoje em dia, ela mal era conhecida antes do fim do século passado. Acreditamos igualmente – como para o ritmo, a melodia e a expressão – que o estudo dos modelos pode pôr o músico no caminho que conduz a possuí-la, mas que não se consegue isso sem algumas disposições especiais.

O ponto de partida dos sons

Colocando o ouvinte a maior ou menor distância dos executantes e afastando, em certas ocasiões, os instrumentos sonoros uns dos outros, obtém-se no efeito musical algumas modificações que ainda não foram suficientemente analisadas.

O grau de intensidade dos sons

Determinadas frases e inflexões que, apresentadas com suavidade ou moderação, não produzem absolutamente nada, podem tornar-se muito belas se lhes derem a força de emissão que elas reclamam. A proposição inversa conduz a resultados ainda mais impressionantes: violentando uma ideia branda, chega-se ao ridículo e ao monstruoso.

A multiplicidade dos sons

É um dos mais poderosos princípios da emoção musical. Quando os instrumentos ou as vozes são em grande número e ocupam uma ampla superfície, a massa de ar posta em vibração torna-se enorme e suas ondulações adquirem então um caráter do qual elas são ordinariamente desprovidas. De tal modo que, em uma igreja ocupada por uma multidão de cantores, se um único dentre eles se faz ouvir, quaisquer que sejam a força e a beleza da sua voz e a arte que colocar na execução de um tema simples e lento, mas pouco interessante em si, ele não produzirá senão um efeito medíocre. Já esse mesmo tema retomado, sem muita arte, em uníssono, por todas as vozes, adquirirá logo uma incrível majestosidade.

Das diversas partes constitutivas da música que acabamos de assinalar, quase todas parecem ter sido empregadas pelos antigos. O conhecimento da harmonia é o único que geralmente lhes é contestado. Um sábio compositor, nosso contemporâneo, o sr. Lesueur[6], havia, há quarenta anos, se colocado como o intrépido antagonista dessa opinião. Eis os motivos dos seus adversários:

> *A harmonia não era conhecida pelos antigos*, dizem eles, *diferentes passagens dos seus historiadores e uma multidão de documentos atestam isso*. Eles não empregavam senão o uníssono e a oitava. Sabe-se, além disso, que a harmonia é uma invenção que não remonta além do século VIII. Como a gama e a constituição tonal dos antigos não são as mesmas que as nossas, inventadas pelo italiano Guido d'Arezzo[7], mas bem semelhantes às do cantochão – que não passa, ele próprio, de um resto da música grega –, é evidente, para qualquer homem versado na ciência dos acordes, que essa espécie de canto, rebelde ao acompanhamento harmônico, não comporta senão o uníssono e a oitava.

Seria possível responder a isso que a invenção da harmonia na Idade Média não prova que ela tenha sido desconhecida nos séculos anteriores. Diversos conhecimentos humanos foram perdidos e recuperados; e uma das mais importantes descobertas que a Europa atribui a si, a da pólvora, tinha sido feita na China muito tempo antes. Não é, aliás, nem um pouco garantido, com relação às invenções de Guido d'Arezzo, que elas sejam realmente suas, porque ele próprio, em seus escritos, cita várias delas como coisas universalmente admitidas antes

---

6. Jean-François Lesueur (1760-1837), compositor francês especializado em música religiosa e dramática. Foi professor de Berlioz no Conservatório de Paris.
7. Monge beneditino (992?-1050?) considerado o inventor da moderna notação musical.

dele. Quanto à dificuldade para adaptar ao cantochão a nossa harmonia, sem negarmos que esta se una mais naturalmente às formas melódicas modernas, o canto eclesiástico executado em contraponto, em diversas partes, e acompanhado pelos acordes do órgão em todas as igrejas, responde suficientemente a isso. Vejamos agora em que estava baseada a opinião de Lesueur.

A harmonia era conhecida pelos antigos, dizia ele. *As obras de seus poetas, filósofos e historiadores provam isso em muitos lugares de uma maneira peremptória.* Esses fragmentos históricos, muito claros em si mesmos, foram traduzidos em sentido contrário. Graças à compreensão que nós temos na notação dos gregos, algumas árias inteiras da sua música, para várias vozes acompanhadas por diversos instrumentos, estão aí para testemunhar essa verdade. Alguns duetos, trios e coros – de Safo, Olimpo, Terpandro, Aristoxeno etc. –, fielmente reproduzidos em nossos signos musicais, serão publicados mais tarde. Neles se encontrará uma harmonia simples e clara, onde só os acordes mais suaves são empregados, e cujo estilo é absolutamente o mesmo que o de alguns fragmentos de música religiosa, compostos em nossos dias. Sua gama e seu sistema de tonalidade são perfeitamente idênticos aos nossos. É um erro dos mais graves ver no cantochão – tradição monstruosa dos hinos bárbaros que os druidas urravam em torno da estátua de Odin, oferecendo-lhe horríveis sacrifícios – um destroço da música grega. Alguns cânticos em uso no ritual da Igreja católica são gregos, é verdade; mas será que nós também não os encontramos concebidos no mesmo sistema que a música moderna? Além do mais, ainda que as provas de fato faltassem, as do raciocínio não seriam suficientes para demonstrar a falsidade da opinião que recusa aos antigos o conhecimento e o uso da harmonia? Mas como?! Os gregos, esses filhos engenhosos e polidos da terra que viu nascer Homero, Sófocles, Píndaro, Praxíteles, Fídias, Ápeles e Zeuxis; esse povo artista que erguia templos maravilhosos que o tempo ainda não derrubou, cujo cinzel talhava no mármore algumas formas humanas dignas de representar os deuses; esse povo, cujas obras monumentais servem de modelo aos poetas, estatuários, arquitetos e pintores dos nossos dias, não teria tido senão uma música incompleta e grosseira como a dos bárbaros?... Mas como?! Esses milhares de cantores dos dois sexos, mantidos com grandes despesas nos templos, essas miríades de instrumentos de diversas naturezas que eles chamavam de *lyra, psalterium, trigonium, sambuca, cithara, pectis, maga, barbiton, testudo, epigonium, simmicium, epandoron* etc., para os instrumentos de corda; *tuba, fistula, tibia, cornu, lituus* etc., para os instrumentos de sopro; *tympanum, cymbalum, crepitaculum, tintinnabulum, crotalum* etc., para os instrumentos de percussão, não teriam sido empregados senão para produzir frios e estéreis uníssonos ou pobres oitavas! Teriam, assim, feito andar no mesmo compasso a harpa e a trombeta. Teriam encadeado à força, em um uníssono grotesco, dois instrumentos cujas maneiras, o caráter e o efeito diferem tão enormemente! É fazer à inteligência e ao senso musical de um grande povo uma injúria que ele não merece, é tachar a Grécia inteira de bárbara.

Tais eram os motivos da opinião de Lesueur. Quanto aos fatos citados como provas, nada podemos opor a eles; se o ilustre mestre tivesse publicado a sua grande obra sobre a música antiga, com os fragmentos dos quais nós falamos mais acima; se ele tivesse indicado as fontes onde foi buscá-los, os manuscritos que ele consultou. Se os incrédulos tivessem podido se convencer com os seus próprios olhos de que essas *harmonias* atribuídas aos gregos nos foram realmente legadas por eles; então, sem dúvida, Lesueur teria ganhado a causa em favor da qual ele trabalhou por tanto tempo e com uma perseverança e uma convicção inquebrantáveis. Infelizmente, ele não o fez, e como a dúvida ainda é bastante permitida quanto a essa questão, discutiremos as provas de raciocínio apresentadas por ele com a imparcialidade e a atenção que usamos no exame das ideias de seus antagonistas. Nós lhe responderemos, portanto:

    Os cantochãos que vós chamais de bárbaros não são todos tão severamente julgados pela generalidade dos músicos atuais. Existem vários deles, ao contrário, que lhes parecem marcados por um raro caráter de severidade e de grandeza. O sistema de tonalidade no qual esses hinos estão escritos, e que vós condenais, é suscetível de encontrar frequentemente admiráveis aplicações. Muitos cantos populares, cheios de expressão e de ingenuidade, são desprovidos de *nota sensível* e, por conseguinte, escritos no sistema tonal do cantochão. Outros, como as árias escocesas, pertencem a uma escala musical ainda bem mais estranha, já que o quarto e o sétimo graus da nossa gama não figuram nelas. O que existe, no entanto, de mais viçoso e, por vezes, de mais enérgico que essas melodias das montanhas? Declarar bárbaras algumas formas contrárias aos nossos hábitos não é provar senão que uma educação diferente daquela que recebemos pode vir a modificar singularmente as nossas opiniões a seu respeito. Além do mais, sem chegar ao ponto de tachar a Grécia de bárbara, admitamos somente que a sua música, comparativamente à nossa, ficou ainda na infância: o contraste entre esse estado imperfeito de uma arte específica e o esplendor das outras artes, que não têm com ela nenhum ponto de contato, nenhuma espécie de relação, não é de maneira alguma inadmissível. O raciocínio que tenderia a fazer com que essa anomalia fosse olhada como impossível está longe de ser novo, e sabemos que em muitas circunstâncias ele levou a algumas conclusões que os fatos em seguida desmentiram com uma brutalidade desesperadora.

    O argumento extraído da pouca razão musical que haveria em fazer marchar juntos, em uníssono ou em oitava, alguns instrumentos de natureza tão dessemelhante quanto uma lira, uma trombeta e alguns tímbalos não tem força real. Por que, enfim, esse arranjo instrumental seria praticável? Sim, sem dúvida, e os músicos atuais poderão empregá-lo quando quiserem. Não é, portanto, extraordinário que ele tenha sido admitido em alguns povos aos quais a própria constituição da sua arte não permitia empregar uma outra.

Agora, quanto à superioridade da nossa música sobre a antiga, ela parece mais do que provável. Quer, com efeito, os antigos tenham conhecido a harmonia, quer eles a tenham ignorado – reunindo em um feixe as ideias que os partidários das duas opiniões contrárias nos deram sobre a natureza e os meios da sua arte –, resulta daí, com bastante evidência, a seguinte conclusão:

Nossa música contém a dos antigos, mas a deles não contém a nossa, ou seja, nós podemos facilmente reproduzir os efeitos da música antiga e, além disso, um número infinito de outros efeitos que ela jamais conheceu e que lhe era impossível reproduzir.

Nós nada dissemos sobre a arte dos sons no Oriente; e eis por quê: tudo aquilo que os viajantes nos informaram até aqui a esse respeito se limita a algumas puerilidades informes e sem relação com as ideias que vinculamos à palavra música. Excetuando, portanto, as noções novas e opostas em todos os pontos àquelas que nos são adquiridas, devemos considerar a música, entre os orientais, como um barulho grotesco análogo àquele que fazem as crianças nas suas brincadeiras[8].

---

8. Depois que essas linhas foram escritas, tivemos a oportunidade, na França e na Inglaterra, de ouvir alguns músicos árabes, chineses e persas, e todas as experiências que eles nos permitiram fazer com os seus cantos e com os seus instrumentos, assim como também as perguntas que dirigimos a alguns deles que falavam francês, nos confirmaram esta opinião. (N. A.)

Costumes musicais da China

Temos nos ocupado muito com os chineses há algum tempo, e é sempre de um modo pouco lisonjeiro para com eles. Nós não nos contentamos em vencê-los[9], em colocar tudo em desordem nos seus negócios, em pôr em fuga o seu imperador, em tomar o palácio de Sua Majestade Celestial, em partilhar os seus lingotes de ouro, seus diamantes, suas pedrarias e suas sedas. É preciso ainda que zombemos desse grande povo, que o chamemos de povo de velhos, de maníacos, de loucos e de imbecis, povo apaixonado pelo absurdo, pelo horrível e pelo grotesco. Nós rimos das suas crenças, dos seus costumes, das suas artes, da sua ciência e até mesmo dos seus usos familiares, sob os pretextos de que eles comem arroz grão a grão com pauzinhos e de que precisam de quase tanto tempo para aprender a se servir desses ridículos utensílios quanto para aprender a escrever (coisa que jamais sabem completamente), como se – dizemos nós – não fosse mais simples comer o arroz com uma colher. E rimos das suas armas, e dos seus exércitos, e dos seus estandartes com dragões pintados – para assustar o inimigo –, e de seus velhos fuzis de mecha, e de seus canhões cujas balas vão até a lua (nós zombamos disso!), e de seus instrumentos musicais, e de suas mulheres de pés disformes, enfim, de tudo! No entanto, existem coisas boas no povo chinês, muitas coisas boas, e não é totalmente sem razão que os chineses nos chamam, europeus, de diabos vermelhos, de bárbaros. Por exemplo: sessenta mil chineses são completamente derrotados por quatro ou cinco mil anglo-franceses, é verdade. Porém, seu comandante em chefe, vendo a batalha perdida, corta o próprio pescoço com

---

9. É provável que Berlioz esteja se referindo à chamada Segunda Guerra do Ópio (1857-1858), na qual britânicos e franceses se uniram para atacar a China, que foi derrotada e forçada a fazer um grande número de concessões comerciais e políticas aos vencedores.

o seu sabre, sem recorrer para isso ao criado, como faziam os romanos, e só fica satisfeito quando a cabeça cai no chão. Isso é corajoso; tentem fazer a mesma coisa.

Ele [o povo] esmaga os pés das suas mulheres de maneira a impedi-las de andar, mas também de maneira a impedi-las – bem mais ainda – de ir ao baile, de dançar a polca, de valsar e de ficar, por conseguinte, noites inteiras nos braços de rapazes que lhes apertam pela cintura, respiram seu hálito e lhes falam ao pé do ouvido, diante dos olhos dos pais, das mães, dos maridos e dos namorados.

Ele tem uma música que nós achamos abominável, atroz. Ele canta como os cães bocejam, como os gatos vomitam quando engolem uma espinha. Os instrumentos dos quais ele se serve para acompanhar as vozes nos parecem verdadeiros instrumentos de tortura. Mas ele ao menos respeita a sua música assim como ela é, protege as obras notáveis que o gênio chinês produziu, enquanto nós temos tão pouca proteção para as nossas obras-primas quanto horror pelas monstruosidades; entre nós, o belo e o horrível estão igualmente abandonados à indiferença pública.

Entre eles, tudo é regulado segundo um código imutável, até a instrumentação das óperas. A dimensão dos tantãs e dos gongos é determinada de acordo com o enredo do drama e o estilo musical que ele comporta. Não é permitido empregar para uma ópera cômica tantãs tão grandes quanto os de uma ópera séria. Entre nós, ao contrário, para o menor opúsculo lírico, emprega-se atualmente tambores tão vastos quanto os bombos da grande ópera. Não acontecia assim há vinte anos, e eis aí mais uma prova das vantagens da imutabilidade do código musical chinês.

Apesar dos desastrosos resultados dos nossos costumes cambiantes e desregrados, nós levamos a melhor em música – sob certos aspectos – sobre os habitantes do Império Celestial. Assim, como reconhecem os próprios mandarins diretores da melodia, os cantores e cantoras da China cantam quase sempre desafinados – aquilo que prova a que ponto eles são inferiores aos nossos, que tantas vezes cantam com afinação. Porém, quase todos os cantores chineses conhecem a sua língua; eles não violentam a sua acentuação e respeitam a sua prosódia. A mesma coisa também acontecia entre nós, há vinte e cinco anos. Hoje em dia, como consequência da nossa mania de tudo desordenar segundo o capricho de cada um, parece que a maioria dos cantores da Europa canta em chinês.

Aquilo que devemos achar verdadeiramente belo e digno de admiração são os regulamentos e as leis em vigor no Império Celestial, desde um tempo imemorial, para proteger as obras-primas dos compositores. Não é permitido desfigurá-las, interpretá-las de maneira infiel, alterar-lhes o texto, o sentimento ou o espírito. Essas leis não são preventivas, não se impede ninguém de tentar a execução de uma obra consagrada. Porém, o indivíduo condenado por tê-la desnaturado é punido de um modo tanto mais severo quanto mais o autor for ilustre e admirado. Assim, as penas impostas aos profanadores das obras de Confúcio parecerão cruéis a nós, bárbaros, habituados a tudo ultrajar impunemente. Esse Confúcio é chamado pelos chineses de Koang-fu-tsé; é também um belo hábito o que temos de *adaptar* os nomes próprios, assim como se *adaptam* as obras que são traduzidas de uma língua para outra, ou que são apenas transportadas de um cenário para outro. Nós não podemos conservar integralmente nem o nome dos grandes homens nem o das grandes cidades dos povos estrangeiros. Na França, nós chamamos de Ratisbonne a cidade da Alemanha que os alemães chamam de Regensburg, e os italianos chamam de Parigi a cidade de Paris. Esta sílaba acrescentada, *gi* (pronunciem *dji*), agrada-lhes infinitamente, e seus ouvidos ficariam chocados se eles dissessem, como os franceses, simplesmente *Paris*. Não é, portanto, surpreendente que digamos, na França, *Confucius* em vez de *Koang-fu-tsé*, primeiramente porque a desinência latina em *us* tem muito prestígio na língua filosófica; em seguida, porque nós temos como princípio não nos mortificar quando se trata de um nome difícil de pronunciar. Daí essa precaução tão admirada de um artista de origem alemã que, com o temor de ver seu nome tedesco ser substituído por um outro nome que não lhe agradasse, pôs em seus cartões de visita: *Schneitzoeffer, pronuncia-se Bertrand*. Portanto, Koang-fu-tsé, ou Confúcio, ou Bertrand, foi um grande filósofo, como se sabe, e ele uniu à sua filosofia um grande fundo de ciência musical, de tal forma que, tendo composto algumas variações sobre a célebre ária de Li Po[10], executou-as em uma guitarra *adornada com marfim* de uma ponta à outra do Império Celestial, cuja imensa população ele assim moralizou. E é desde esse tempo que o povo chinês é tão profundamente moral. Mas a obra de Koang-fu-tsé não se limita a essas famosas variações para a guitarra adornada com marfim. Não, o grande filósofo músico escreveu além disso um bom número de cantatas e óperas morais cujo mérito principal, no dizer de todos os letrados e de todos os músicos da China, é uma simplicidade e uma beleza de estilo melódico unidas à mais profunda expressão das paixões e dos sentimentos. Cita-se o fato notável de uma mulher chinesa que, assistindo a uma ópera na qual Koang-fu-tsé pintou com a mais tocante verdade as alegrias do amor maternal, pôs-se, a partir do sétimo ato, a chorar amarguradamente. Como seus vizinhos lhe perguntassem a causa de suas lágrimas, ela respondeu: "Ai, ai! Eu dei à luz nove crianças; afoguei todas elas e agora lamento não ter conservado pelo menos uma. Eu a amaria tanto!". Portanto, os legisladores chineses impõem – e com grande razão, penso eu – penas severas não somente contra os diretores teatrais que representem mal as belas obras líricas de Koang-fu-tsé, mas também contra os cantores e as cantoras que tomem a liberdade, nos concertos, de cantar alguns de seus trechos indignamente. Toda semana a polícia musical faz um relatório para o mandarim diretor das artes; e se uma cantora tornou-se culpada do delito de profanação que eu acabei de indicar, fazem-lhe uma advertência cortando-lhe a orelha esquerda.

---

10. Li Po (701-762), poeta chinês, viveu por muito tempo como andarilho.

Se ela incorre novamente na mesma falta, cortam-lhe a orelha direita como segunda advertência. Depois disso, se ela torna a reincidir, vem a aplicação da pena: cortam-lhe o nariz. Esse caso é muito raro, e a legislação chinesa, além do mais, mostra-se aí um tanto severa, porque não é possível exigir um desempenho irretocável de uma cantora que não tem orelhas. As penalidades de certos povos têm alguma coisa de cômico que sempre nos espanta. Eu me lembro de ter visto em Moscou uma grande dama da aristocracia russa varrer uma rua em pleno dia, no momento do degelo. "É o costume", me disse um russo; "ela foi condenada a varrer a rua durante duas horas, como punição por ter se deixado apanhar em flagrante delito de roubo em uma loja de novidades."

No Taiti, aquela encantadora província francesa, as belas insulares acusadas de terem dado alguns sorrisos para um número excessivo de homens, franceses ou taitianos, são condenadas a executar com as suas próprias mãos um trecho de estrada de tamanho variável, pavimentado ou não; e o coquetismo se reverte assim em vantagem para as vias de comunicação. Como existem mulheres, em Paris, que não chegam a nada e que, naquele país, fariam belamente o seu caminho!

Devem ter achado muito estranho o título de *diretor de artes* que empreguei ainda há pouco para um mandarim. Não é possível, com efeito, conceber a utilidade de semelhante direção entre nós, onde a arte é tão livre para se perder, onde ela pode virar mendiga, ladra, assassina ou *icoglan*[11]; onde ela pode morrer de fome ou percorrer embriagada as ruas de nossas cidades; onde todos os cantores e cantoras têm os seus narizes e as suas orelhas; onde a primeira condição requerida para ser administrador de um teatro musical é não saber música; onde alguns letrados são os árbitros da sorte dos músicos; onde os prêmios de composição musical são conferidos por pintores, os prêmios de pintura por arquitetos e os prêmios de escultura por gravadores. Se os chineses

---

11. Palavra turca que designava um oficial da guarda do palácio do sultão.

soubessem disso! Pobres chineses! Pois bem! No entanto, como eu lhes disse, eles têm coisas boas. Eles têm diretores de artes que conhecem aquilo que dirigem; eles têm até mesmo alguns colegiados inteiros de mandarins artistas, cuja influência poderia ser imensa e se exercer, para a maior vantagem da arte, sobre o império inteiro. Não se publica em toda a China um livro sobre a música, a pintura, a arquitetura etc. sem que o autor submeta seu trabalho ao exame dos mandarins artistas, a fim de – se eles o aprovarem – poder escrever na segunda edição da obra: "*Aprovada pelo colegiado*". Infelizmente, os respeitados membros dessa instituição, que muitas vezes teriam o direito de infligir aos autores o suplício da canga[12], sempre têm estado – ao contrário dos diretores especiais da arte musical – animados por tal benevolência que geralmente aprovam tudo aquilo que lhes é apresentado. Hoje, eles elogiam um autor por ter exposto uma determinada teoria, preconizando um determinado método de tantã; amanhã, um outro exporá a doutrina contrária, enaltecerá o método oposto, e o *colegiado* não deixará de aprová-lo também. Eles chegaram a um grau de bonomia e de indulgência tal que, agora, a maioria dos autores, desde a primeira edição dos seus livros, coloca neles a fórmula "aprovado pelo colegiado" antes mesmo de tê-los apresentado a ele, tão certos estão de obter a sua aprovação.

Ah! Pobres chineses! Não podemos nos espantar de ver, entre eles, a arte permanecer obstinadamente estacionária.

Mas eu lhes perdoo tudo, em consideração ao seu regulamento sobre os tantãs e às suas leis contra os profanadores.

Então – dirão vocês –, se eles cortam o nariz e as orelhas dos cantores que profanam as obras-primas, o que eles fazem com aqueles que as interpretam com fidelidade, com grandeza, com inspiração? O que eles fazem? Eles os enchem de distinções honoríficas de toda a espécie, dão-lhes pauzinhos de prata para comer arroz, concedem a uns

---

12. Instrumento de tortura chinês. (N. E.)

o botão amarelo, a outros o botão azul; a este o botão de cristal, àquele os três botões; vê-se na China alguns *virtuoses* que estão cobertos de botões. Não é como na França, onde só se condecora um cantor quando ele abandona o teatro, perde a voz ou não consegue fazer mais nada.

Os costumes chineses, tão diferentes dos nossos em tudo aquilo que tange às belas-artes em geral – e à música em particular –, só se comparam a eles em um único ponto: para comandar as frotas, eles escolhem marinheiros. Se continuarmos, terminaremos, na verdade, por nos parecer totalmente com eles.

Os grotescos da música[13]

Um crítico modelo

Um dos nossos confrades da crônica tinha como princípio que um crítico cioso de conservar a sua imparcialidade não deve jamais ver as peças das quais está encarregado de fazer a crítica, a fim de se preservar – dizia ele – da influência da interpretação dos atores. Essa influência, com efeito, é exercida de três maneiras: primeiramente, fazendo parecer bela, ou pelo menos agradável, uma coisa feia e vulgar; depois, produzindo a impressão contrária, ou seja, destruindo a fisionomia de uma obra a ponto de torná-la repulsiva, quando na realidade ela é nobre e graciosa. E, por fim, não deixando perceber nada do conjunto nem dos detalhes da obra, encobrindo tudo, tornando tudo inapreensível ou ininteligível. Mas aquilo que conferia muita originalidade à doutrina do nosso confrade é que ele também não lia as obras das quais tinha de falar; primeiramente, porque, em geral, as peças novas não estão impressas,

---

13. Hector Berlioz, *Les grotesques de la musique*. Paris, Librairie Nouvelle, 1859. p.106-107/249-251.

e depois, também, porque ele não queria sofrer a influência do bom ou do mau estilo do autor. Essa perfeita incorruptibilidade o obrigava a *compor* incríveis narrativas sobre peças que ele não tinha nem visto nem lido, e fazia com que ele emitisse opiniões muito interessantes sobre a música que ele não tinha escutado.

Muitas vezes lamentei não ter força para pôr em prática uma tão bela teoria, porque o leitor desdenhoso que, depois de dar uma olhada nas primeiras linhas de uma crônica, deixa cair o jornal e pensa em qualquer outra coisa não pode imaginar a dificuldade que se tem para escutar um tão grande número de óperas novas e o prazer que sentiria em não vê-las o escritor encarregado de resenhá-las. Além disso, haveria para ele, ao criticar aquilo que não conhece, uma chance de ser original. Ele poderia até mesmo, sem desconfiar disso – e, por conseguinte, sem parcialidade –, ser útil aos autores, produzindo alguma invenção capaz de inspirar nos leitores o desejo de ver a nova obra. Ao passo que usando, como geralmente se faz, os velhos meios, escutando, estudando da melhor maneira possível as peças das quais se deve falar ao público, se é forçado a dizer quase sempre a mesma coisa, já que, no fundo, se trata quase sempre da mesma coisa. E causa-se assim, sem querer, um dano considerável a muitas obras novas, porque não há meio de fazer com que o público vá vê-las quando lhe dizem real e claramente aquilo que elas são!

Os diletantes da alta sociedade: o poeta e o cozinheiro

Ouve-se, muitas vezes, os grã-finos se queixarem da duração das grandes óperas, da fadiga causada ao espectador por essas obras imensas, das altas horas da noite em que se encerram as suas representações etc. Na realidade, no entanto, esses descontentes estão errados ao se queixarem. Não existem óperas de cinco atos para eles, mas apenas óperas de três atos e meio. Como o público elegante tem o costume de não aparecer na Ópera senão por volta da metade do segundo ato e, algumas vezes, mais tarde, quer se comece às sete horas, às sete e meia ou às oito horas, pouco importa, ele não se mostrará nos camarotes antes das nove horas.

Nem por isso, sem dúvida, ele está menos desejoso de ter alguns lugares para as primeiras representações, mas isso de maneira alguma é um indício do seu empenho em conhecer a obra, que o interessa muito mediocremente. Trata-se de ser visto na sala naquela noite e de poder dizer: "Eu estava lá", acrescentando alguma opinião superficial sobre a natureza da nova obra e uma apreciação do mesmo tipo sobre o seu valor, eis tudo. Hoje em dia, um compositor que tiver escrito um primeiro ato admirável pode estar certo de vê-lo ser executado diante de uma sala três quartos vazia e de obter somente o apoio dos membros da claque, que estão no seu posto muito tempo antes de a cortina ser aberta.

Atualmente, apresenta-se uma grande ópera apenas a cada dois anos. O público chique teria, portanto, de abrir mão dos seus hábitos uma vez a cada dois anos para escutar na sua íntegra, em sua primeira representação, uma produção dessa importância. Porém, esse esforço é muito grande, e a mais miraculosa inspiração de um grande músico não faria com que essa sociedade, considerada bela e polida, antecipasse somente em um quarto de hora... o jantar dos seus cavalos.

É verdade que os autores têm o direito de se consolar dessa indelicada indiferença por meio de uma indiferença ainda maior e dizer: "Que importa a ausência dos locatários das torrinhas e dos primeiros camarotes? O apoio de amadores desse calibre não tem para nós nenhum valor".

Ocorre a mesma coisa em quase toda parte. Quantas vezes não temos visto as pessoas ingênuas se indignarem no Teatro Italiano, quando nele é representado o *Don Giovanni*[14], pela precipitação com a qual os primeiros camarotes se esvaziaram no momento da entrada da estátua

---

14. Ópera de Mozart.

do comendador. Não havia mais cavatinas[15] para se escutar. Rubini[16] tinha cantado a sua ária, não restava senão a última cena (a obra-prima das obras-primas), era necessário portanto partir a toda a pressa para ir tomar o chá.

Em uma grande cidade da Alemanha, que tem a reputação de amar sinceramente a música, o costume é jantar às duas horas. A maioria dos concertos vespertinos começa, por conseguinte, ao meio-dia. Porém, se o concerto não tiver terminado até quinze para as duas, mesmo que ainda faltasse ouvir um quarteto cantado pela Virgem Maria e pela Santíssima Trindade, e acompanhado pelo arcanjo Miguel, os bravos diletantes nem por isso deixarão de abandonar os seus lugares e, voltando tranquilamente as costas para os virtuoses divinos, de se encaminhar, impassíveis, para o seu ensopado.

Todas essas pessoas são intrusas nos teatros e nas salas de concerto:

A arte não é feita para eles, eles não têm necessidade dela.

São os descendentes do simplório Crisalo[17]:

Vivendo da boa sopa e não da bela linguagem,

e Shakespeare e Beethoven estão muito longe, a seus olhos, de terem a importância de um bom cozinheiro.

---

15. Nome dado a uma ária de ópera bastante breve.
16. Giovanni Battista Rubini (1794-1854), célebre tenor italiano.
17. Personagem da comédia *Les femmes savantes* [*As eruditas*], de Molière. Tipo do burguês pai de família, dedicado e submisso à esposa.

Charles Gounod (1818-1893)

A natureza e a arte[1]

Cavalheiros,

As transformações sucessivas das quais a terra foi o cenário e das quais se compõe a sua história – eu chegaria quase a dizer sua educação –, a partir do momento em que ela se destacou da nebulosa solar para ocupar um lugar distinto no espaço, são como capítulos desta grande lei do progresso, desse perpétuo *devir* que parece direcionar para uma finalidade misteriosa o movimento da criação – cujas fases diversas puderam ser reduzidas aos três aspectos gerais que receberam o nome de *reinos* e que designam as três manifestações mais nítidas da vida no globo.

No entanto, nem tudo já estava dito, e a história da terra não devia se deter nessas três primeiras formas da vida. Um quarto reino, o reino humano – já que a própria ciência me autoriza chamá-lo assim –, iria tomar posse desse domínio que se ignorava.

O enorme trabalho de evolução, o prodigioso esforço de produção através do qual se desenvolve o plano do pensamento criador, o homem iria retomá-lo do ponto até onde o haviam levado seus predecessores e conduzi-lo, nele exercendo as mais nobres funções, para os mais elevados destinos. Desta lei da vida, da qual as criaturas não tinham sido, até a sua chegada, senão depositários mais ou menos

---

1. Lido na sessão pública anual das cinco Academias, em 25 de outubro de 1886. (N. A.) [Charles Gounod, *Mémoires d'un artiste*. Paris, Calmann Lévy, 1896, p. 313-328. (N. T.)]

passivos, mas irresponsáveis, o homem iria se tornar o *confidente*, elevado à suprema honra de cumprir voluntariamente a sua lei conhecida, honra que constitui a própria noção da liberdade e que, de chofre, transforma a atividade instintiva em atividade racional e consciente.

Em poucas palavras, a moralidade ou determinação ao bem, a ciência ou determinação ao verdadeiro, a arte ou determinação ao belo, eis aquilo de que carecia a terra antes do homem, e aquilo de que estava reservado ao homem dotá-la e embelezá-la como pontífice da razão e do amor nesse templo doravante consagrado ao culto do bem, do verdadeiro e do belo.

Assim encarado, o que é, portanto, o artista? Qual é a sua função perante os dados e – se assim posso falar – os capitais acumulados pela natureza?

A sublime função do homem é ser, positiva e literalmente, *um novo criador da terra*. É ele que, em tudo, está encarregado de *fazer* dela aquilo que ela deve *se tornar*. Não somente pela cultura material, mas pela cultura intelectual e moral, ou seja, pela justiça, o amor, a ciência, as artes e a indústria, a terra não se completa, não se conclui a não ser pelo homem a quem ela foi confiada para que ele a *utilize*, "*ut operatur terram*"[2], segundo o velho texto sagrado do *Gênese*.

O artista não é, portanto, simplesmente uma espécie de aparelho mecânico no qual se reflete ou se imprime a imagem dos objetos exteriores e sensíveis; ele é uma lira viva e consciente que o contato com a natureza revela a si mesma e faz vibrar, e é precisamente essa vibração que é o indício da vocação artística e a causa primeira da obra de arte.

Toda obra de arte deve brotar sob a luz pessoal da sensibilidade, para consumir-se na luz impessoal da razão. A arte é a realidade concreta e sensível fecundada até o belo por essa outra realidade, abstrata e inteligível, que o artista traz em si mesmo e que é o seu *ideal*, ou seja,

---

2. "Que ele trabalhe a terra." (N. E.)

essa revelação interior, esse tribunal supremo, essa visão sempre crescente do termo final para o qual ele tende com todo o ardor do seu ser.

Se fosse possível apreender diretamente o ideal, contemplá-lo face a face na visão completa de sua realidade, não seria necessário mais do que copiá-lo para reproduzi-lo, o que resultaria em um verdadeiro realismo, seguramente superior, mas definitivo, e que, com um mesmo golpe, suprimiria no artista os dois fatores de sua obra: a função pessoal, que constitui sua *originalidade*, e a função estética, que constitui sua *racionalidade*.

Essa não é a posição do ideal perante a obra de arte. O ideal não é reprodutível de nenhuma maneira adequada; ele é um polo de atração, uma força motriz, nós o *sentimos*, nós o *sofremos*. Ele é o *excelsior* indefinido, o *desideratum*[3] imperioso na ordem do belo, e a persistência de seu testemunho íntimo é a própria garantia da sua inapreensível realidade. Libertar do real inferior e imperfeito a noção que determina e mede o grau de conformidade ou de desacordo desse real na natureza com a sua lei na razão, tal é a função superior do artista. E esse controle do real na natureza por intermédio da sua lei na razão é aquilo que se chama de "estética". A estética é a "racionalidade do belo".

Na arte, assim como em tudo, o papel da razão é o de contrabalançar a paixão; é por isso que as obras de uma categoria totalmente superior estão marcadas por esse caráter de tranquilidade, que é o signo da verdadeira força, "senhora da sua arte a ponto de repreendê-la".

Nessa colaboração do artista com a natureza, como já vimos, é a emoção pessoal que confere à obra de arte o seu caráter de *originalidade*.

Confunde-se muitas vezes a originalidade com a estranheza ou a extravagância; são, no entanto, coisas absolutamente dessemelhantes.

---

3. O que é almejado. (N. E.)

A extravagância é um metal anormal, doentio; é uma forma moderada da alienação mental que entra na classe dos casos patológicos: é, como exprime muito bem o seu sinônimo, a excentricidade, uma deriva pela tangente.

A originalidade, muito pelo contrário, é o raio distinto que liga o indivíduo ao centro comum dos espíritos. Como a obra de arte é o produto de uma mãe em comum, que é a natureza, e de um pai distinto, que é o artista, a originalidade nada mais é que uma declaração de paternidade: é o nome próprio associado ao nome de família. É o passaporte do indivíduo regularizado pela comunidade.

No entanto, a obra do artista não consiste unicamente na expressão da sua pessoa, aquilo que é sua marca distintiva – é verdade –, a fisionomia própria, mas também, e por isso mesmo, o limite.

Com efeito, se, por intermédio da sensibilidade, o artista se acha em contato com os dados da natureza, ele entra, por intermédio da razão, em contato com o ideal, em virtude dessa lei de transfiguração que deve ser aplicada a todas as realidades que *existem*, para aproximá-las cada vez mais das realidades que *são* – ou, dito de outra maneira, do seu protótipo perfeito.

Que me seja permitido citar algumas palavras que me parecem fornecer, senão uma prova, pelo menos uma fórmula bastante evidente das considerações precedentes.

Santa Teresa[4], esta mulher eminente cujo brilho de suas luzes fez que fosse colocada no rol e na condição dos mais ilustres doutores da Igreja, dizia que ela não se lembrava de algum dia ter ouvido um mau sermão. A partir do momento em que ela diz isso, não posso fazer nada melhor do que acreditar nela. É preciso, no entanto, reconhecer que, se a grande santa não se iludiu, houve, em favor do seu tempo ou, ao

---

4. Santa Teresa d'Ávila (1515-1582), religiosa carmelita espanhola e doutora da Igreja, célebre por seus êxtases místicos, tidos hoje como simples ataques de histeria.

menos, da sua pessoa, uma graça totalmente especial, e que não é certamente uma das menores que Deus possa conceder aos seus fiéis.

Seja como for, e sem querer de maneira alguma colocar em dúvida a sinceridade de semelhante testemunho, existe um meio de explicá-lo, de traduzi-lo e de compreender como e até que grau por vezes prodigioso a relação inexata de um fato pode se conciliar com a veracidade absoluta do testemunho.

Por que Santa Teresa não se lembrava de ter ouvido algum dia um mau sermão? É porque todos aqueles que ela ouvia de fora eram espontaneamente transfigurados e literalmente *criados de novo* pela sublimidade daquele que ela ouvia permanentemente no fundo de si mesma: é porque a palavra do pregador, tão desprovida quanto ela fosse de prestígio literário e de artifícios oratórios, conversava com ela sobre aquilo que ela mais amava no mundo, e, uma vez transportada nessa direção e a essa altura, ela não via nem ouvia mais do que o próprio Deus de quem lhe falavam.

"Pegue os meus olhos", dizia um célebre pintor, a propósito de um modelo que seu interlocutor achava horroroso; "Pegue os meus olhos, cavalheiro, e vós o achareis sublime!".

É assim que um grande artista se revelará subitamente a si próprio e mergulhará, com um olhar instantâneo, até as profundezas de sua arte, ao simples contato com uma obra que, mesmo de valor medíocre, terá sido suficiente para fazer jorrar nele a divina faísca na qual se reconhece o gênio. Quem sabe se o *Barbeiro de Sevilha* e o *Guilherme Tell* não tiveram como berço o teatro de feira paterno que deu início à educação musical de Rossini?

Passar das realidades exteriores e sensíveis à emoção, e depois da emoção à razão, tal é a marcha progressiva do desenvolvimento intelectual; é aquilo que Santo Agostinho resume admiravelmente em uma dessas fórmulas tão claras e tão luminosas que encontramos a cada passo em suas obras: "*Ab exterioribus ad interiora, ab interioribus ad superiora*", de fora para dentro, de dentro para cima.

A arte é uma das três encarnações do ideal no real: é uma das três operações desse espírito que deve *renovar a face da terra*; é um dos três *renascimentos da natureza no homem*. É, em poucas palavras, uma das três formas dessa "autogenia" ou "imortalidade própria" que constitui a ressurreição da humanidade, em virtude de suas três potências criadoras funcionalmente distintas, mas substancialmente idênticas, ou seja, o amor, razão do ser; a ciência, razão do verdadeiro; e a arte, razão do belo.

Depois de ter tentado mostrar, na união do ideal com o real, a lei que rege o progresso do espírito humano, restaria fazer a contraprova, mostrando para onde conduz a separação, o isolamento dos dois termos.

Na arte, o real sozinho é o servilismo da cópia; o ideal sozinho é a divagação da quimera.

Na ciência, o real sozinho é o enigma do fato sem a luz da sua lei; o ideal sozinho é o fantasma da conjectura sem a sua confirmação pelos fatos.

Na moral, enfim, o real sozinho é o egoísmo do interesse ou a ausência de sanção *racional* no domínio da *vontade*. O ideal sozinho é a utopia ou a ausência de sanção *experimental* no domínio das *máximas*.

De todos os lados, o corpo sem a alma ou a alma sem o corpo, ou seja, negação da lei da vida para o ser que, por sua dupla natureza, pertence ao mesmo tempo ao mundo sensível e ao mundo inteligível, e cuja obra não é completa e normal a não ser com a condição de exprimir essas duas ordens de realidades.

Se existe um sintoma que caracteriza essas três altas vocações humanas – o serviço do bem, do verdadeiro e do belo –, se existe um laço que revele a sua comum divindade de origem e as eleve à dignidade de um verdadeiro apostolado, é o desprendimento, é a gratuidade.

As funções da *vida* estão tão estreitamente unidas às da *existência* que a liberdade divina da vocação é obrigada a suportar a necessidade humana da profissão; assim, os apaixonados pela vida se entendem geralmente muito pouco e muito mal com as coisas da existência. Mas, em si e por sua natureza, todas as funções superiores do homem são *gratuitas*. Nem o amor, nem a ciência, nem a arte têm nada em comum com uma estimativa venal; são as três pessoas divinas da consciência humana. Só se vende aquilo que morre; aquilo que é imortal só pode ser dado. É por isso que as obras do bem, do verdadeiro e do belo desafiam os séculos; elas são *vivas* pela própria eternidade do seu princípio.

"Céu novo e nova terra."

É assim que o grande cativo de Patmos[5], a águia dos evangelistas, anuncia o fim dos tempos, no capítulo 21º do *Apocalipse*, essa visão grandiosa que se encerra no Hosana da "nova Jerusalém, a cidade santa, descendo das alturas celestes, como uma noiva enfeitada para o seu esposo".

Que videntes sublimes eram esses grandes líricos do povo hebreu! Que *divinos* eram esses *adivinhos* do crescimento e do destino humanos! Jó, Davi, Salomão, os profetas, Paulo, João – o iniciado nos segredos eternos e nas insondáveis profundezas da geração infinita!

Esta nova Jerusalém, esta pátria da *eleição*, é a *seleção humana* – vitoriosa sobre os enigmas – trazendo, como um glorioso troféu, todos os véus sacramentais caídos, um a um, sobre a rota dos séculos. É o intendente laborioso e fiel que entra na alegria de "seu Senhor" e que entrega nas mãos de seu pai e de seu Deus, sob a claridade resplandecente de um "céu novo", essa "terra nova", regenerada, *recriada*, em conformidade com a lei expressa por esta fórmula suprema:

"Em verdade, vos digo, é preciso que vós nasçais de novo, senão vós não entrareis no reino dos céus!"

---

5. São João.

Prefácio[6]

Existem, na humanidade, alguns seres dotados de uma sensibilidade particular que não experimentam nada da mesma maneira nem no mesmo grau que os outros, e para quem a exceção se torna a regra. Neles, as peculiaridades da natureza explicam as da sua vida, a qual, por sua vez, explica a do seu destino. Ora, são as exceções que dirigem o mundo; e assim deve ser, porque são elas que pagam com as suas lutas e com os seus sofrimentos pela luz e pelo movimento da humanidade. Quando esses corifeus da inteligência morrem ao final do caminho que eles abriram, oh! então vem o rebanho de Panúrgio[7], todo orgulhoso de arrombar as portas abertas. Cada carneiro, glorioso como a mosca da carroça[8], reivindica bem alto a honra de ter feito triunfar a revolução:

Eu tanto fiz que a nossa gente, enfim, está na planície!

Berlioz foi, assim como Beethoven, uma das ilustres vítimas desse doloroso privilégio: ser uma exceção. Ele pagou caro por essa pesada responsabilidade! Fatalmente, as exceções devem sofrer e, também fatalmente, devem fazer sofrer. Como vocês querem que a multidão

---

6. Este prefácio foi escrito para o livro *Hector Berlioz: lettres intimes* (Paris: Calmann Lévy, 1882), p. I-XII. O volume compila parte da correspondência entre Berlioz e diversos músicos – no entanto, não inclui cartas trocadas com Gounod.
7. Personagem do *Pantagruel*, de Rabelais. Gravemente injuriado por um mercador durante uma viagem de navio, Panúrgio resolve se vingar de uma forma bastante original (e cruel). Ele compra um dos carneiros do rebanho conduzido pelo mercador e o atira no mar. Vendo o que aconteceu com o seu companheiro e ouvindo seus balidos, todos os outros carneiros também se jogam na água, levando consigo o comerciante que tentava detê-los. Trata-se de uma crítica ao espírito de imitação das multidões.
8. Referência a uma fábula de La Fontaine, inspirada em Fedro: "*Depois de muito trabalho, a carroça chegou no alto./ 'Agora tomemos fôlego, logo disse a mosca:/ Eu tanto fiz que a nossa gente, enfim, está na planície./ Vamos, senhores cavalos, pagai-me pelo meu trabalho'*".

(esse *profanum vulgus* que o poeta Horácio execrava) se reconheça e se confesse incompetente diante dessa pequena e audaciosa personalidade que tem a audácia de vir jogar-lhe na cara um desmentido aos hábitos inveterados e à rotina reinante? Voltaire não disse (ele, o espírito no mais alto grau) que ninguém tinha tanto espírito quanto todo mundo? O sufrágio universal, essa grande conquista do nosso tempo, não será o veredito sem apelação do soberano coletivo? A voz do povo não será a voz de Deus?...

Enquanto isso, a história – que caminha sempre e que, de tempos em tempos, faz justiça a um bom número de contrafações da verdade – nos ensina que em toda parte, e em todas as ordens, a luz vai do indivíduo para a multidão, e não da multidão para o indivíduo; do sábio para os ignorantes, e não dos ignorantes para o sábio; do sol para os planetas, e não dos planetas para o sol. Mas como! Vocês querem que trinta e seis milhões de cegos representem um telescópio e que trinta e seis milhões de carneiros formem um pastor? Como! Será, pois, que foi a multidão que formou os Rafael e os Michelangelo, os Mozart e os Beethoven, os Newton e os Galileu? A multidão! Mas ela passa sua vida a *julgar* e a *mudar de atitude*, a condenar alternadamente as suas admirações e as suas repugnâncias, e vocês queriam que ela fosse um juiz? Vocês queriam que essa jurisdição flutuante e contraditória fosse uma magistratura infalível? Vamos, isso é derrisório! A multidão flagela e crucifica, *primeiramente*, sob a condição de reverter as suas sentenças através de um arrependimento tardio, que nem mesmo é, na maioria das vezes, o da geração contemporânea, mas da seguinte ou das seguintes, e é sobre a tumba do gênio que chovem as coroas de perpétuas recusadas à sua cabeça. O juiz definitivo, que é a posteridade, nada mais é do que uma superposição de minorias sucessivas: as maiorias são "conservatórios do *status quo*;" nem por isso eu lhes desejo mal. É provavelmente a sua função apropriada no mecanismo geral das coisas; elas seguram o carro, mas, enfim, não o fazem avançar. Elas são freios – quando não são trilhos. O sucesso contemporâneo não é, na maior parte das vezes, senão uma questão de moda; ele prova que a obra está no nível do seu tempo, mas de maneira alguma que ela deva sobreviver a ele; não existe, portanto, motivo para se mostrar tão orgulhoso dele.

Berlioz era um homem íntegro, sem concessões nem transigências: ele pertencia à raça dos "Alcestes". Naturalmente, ele teve contra si a raça dos "Orontes" – e Deus sabe o quanto os Orontes são numerosos[9]! Acharam que ele era impertinente, ranzinza, rabugento e sei lá mais o quê! Porém, ao lado dessa sensibilidade excessiva levada até a irritabilidade, foi necessário que ele tivesse a sua cota de coisas irritantes, de provações pessoais, das mil recusas suportadas por essa alma altiva e incapaz de baixas condescendências e de covardes rapapés. Em todo caso, se os seus julgamentos pareceram duros para aqueles que atingiam, pelo menos eles jamais puderam ser atribuídos a esse vergonhoso móvel que é a inveja, tão incompatível com as elevadas proporções dessa nobre, generosa e leal natureza.

As provas pelas quais Berlioz teve de passar, como concorrente ao grande prêmio de Roma, foram a imagem fiel e como que o prelúdio profético daquelas que ele devia encontrar no resto de sua carreira. Ele chegou a concorrer quatro vezes e só obteve o prêmio com a idade de vinte e sete anos, em 1830, à força de perseverança e apesar dos obstáculos de todos os tipos que teve de superar. No mesmo ano em que conquistou o prêmio com sua cantata de *Sardanápalo*, fez executar uma obra que demonstra em que ponto já estava do seu desenvolvimento artístico, do ponto de vista da concepção, da coloratura e da experiência. Sua *Sinfonia fantástica* (episódio da vida de um artista) foi um verdadeiro acontecimento musical, cuja importância pode ser medida pelo fanatismo de uns e pela violenta oposição de outros. No entanto, por mais discutida que possa ser semelhante composição, ela revela, no jovem

---

9. Gounod refere-se aos personagens da comédia *O misantropo*, de Molière. Alceste, o misantropo, é um homem ríspido e de excessiva franqueza, enquanto Oronte é um cortesão com pretensões artísticas e intelectuais que prefere a adulação à verdade.

que a produziu, algumas faculdades de invenção absolutamente superiores e um sentimento poético poderoso que se encontra em todas as suas obras. Berlioz lançou na circulação musical uma multidão considerável de efeitos e combinações de orquestra desconhecidas antes dele, e dos quais se apoderaram até mesmo músicos muito ilustres: ele revolucionou o domínio da instrumentação e, ao menos nesse aspecto, é possível dizer que ele "fez escola". E, no entanto, apesar dos estrepitosos triunfos, tanto na França quanto no estrangeiro, Berlioz foi contestado durante toda a sua vida. A despeito de execuções para as quais a sua direção pessoal de eminente maestro e a sua infatigável energia aumentavam tanto as chances de êxito e traziam tantos elementos de clareza, ele jamais teve senão um público parcial e restrito; faltou-lhe "o público", esse *todo mundo* que confere ao sucesso o caráter da *popularidade*: Berlioz morreu pela demora da popularidade. *As Troianas* – obra que ele tinha previsto dever ser, para ele, a fonte de tantos desgostos – acabaram com ele: é possível dizer sobre ele, tal como sobre o seu heroico homônimo Heitor, que pereceu sob os muros de Troia.

Na obra de Berlioz, todas as impressões, todas as sensações, vão ao extremo; ele não conhece a alegria e a tristeza senão em estado de delírio. Como ele próprio disse, ele é um "vulcão". É que a sensibilidade nos carrega tão longe na dor quanto na alegria: os Tabor e os Gólgota[10] são solidários. A felicidade não está na ausência dos sofrimentos, assim como o gênio não consiste na ausência dos defeitos.

Os grandes gênios sofrem e devem sofrer, mas eles não devem ser deplorados; eles conheceram alguns tipos de embriaguez ignorados pelo resto dos homens. E, se eles choraram de tristeza, também verteram lágrimas de alegria inefável. Isso, por si só, é um céu cujo valor jamais podemos pagar.

---

10. Tabor: montanha nas proximidades de Jerusalém na qual Cristo, transfigurado, apareceu aos seus apóstolos.
Gólgota: montanha nas proximidades de Jerusalém na qual Cristo foi crucificado.

Berlioz foi uma das mais profundas emoções da minha juventude. Ele tinha quinze anos a mais do que eu. Ele estava, portanto, com trinta e quatro anos na época em que eu, garoto de dezenove, estudava composição no Conservatório sob o aconselhamento de Halévy. Lembro-me da impressão que então produziram sobre mim a pessoa de Berlioz e as suas obras, que ele muitas vezes ensaiava na sala de concertos do Conservatório. Mal o meu mestre Halévy tinha acabado de corrigir a minha lição, eu deixava depressa a sala de aula para ir me agachar em um canto da sala de concertos e, ali, inebriava-me com essa música estranha, apaixonada e convulsiva que me desvelava alguns horizontes tão novos e tão coloridos. Um dia, dentre outros, eu havia assistido a um ensaio da sinfonia *Romeu e Julieta*, então inédita e que Berlioz executaria, poucos dias depois, pela primeira vez. Fiquei de tal modo impressionado pela amplitude do *grand finale* da "Reconciliação dos Montecchio com os Capuleto" que saí carregando inteira na minha memória a soberba frase de frei Lourenço: "Jurai todos pelo augusto símbolo!". Alguns dias depois, fui ver Berlioz e, sentando-me ao piano, fiz que ele escutasse a dita frase inteira.

Ele arregalou os olhos e, olhando-me fixamente, disse:

– Onde diabos vós aprendestes isso?

– Em um dos vossos ensaios – respondi-lhe.

Ele não podia crer em seus ouvidos.

A obra total de Berlioz é considerável. Graças à iniciativa de dois valentes maestros (Jules Pasdeloup e Édouard Colonne), o público de hoje já pôde conhecer diversas das vastas concepções desse grande artista: a *Sinfonia fantástica*, a sinfonia *Romeu e Julieta*, a sinfonia *Harold*, *A infância de Cristo*, três ou quatro grandes aberturas, o *Réquiem* e sobretudo esta magnífica *Danação de Fausto*, que provocou nos últimos dois anos verdadeiros êxtases de entusiasmo que teriam feito as cinzas de Berlioz se sobressaltar, se as cinzas dos mortos pudessem se sobressaltar. No entanto, quantas coisas ainda restam para ser exploradas! O *Te Deum*, por exemplo, de uma concepção tão grandiosa – será que não o ouviremos? E essa encantadora ópera, *Beatrix et Bénédict*, será que não se encontrará um diretor para colocá-la no repertório? Seria uma tentativa que, nesses tempos de reversão da opinião em favor de Berlioz, teria grandes chances de êxito, sem obter os méritos e os perigos da audácia. Seria inteligente tirar proveito disso.

As cartas que vocês vão ler têm um duplo atrativo: elas são todas inéditas e foram escritas sob o império dessa absoluta sinceridade que é a eterna necessidade da amizade. Lastimarão, sem dúvida, encontrar nelas algumas faltas de deferência para com alguns homens que, pelo seu talento, pareciam estar ao abrigo de qualificações irreverenciosas e injustas. Acharão – não sem razão – que Berlioz teria feito melhor se não tivesse chamado Bellini[11] de um "pequeno libertino", e que a designação de "ilustre ancião", aplicada a Cherubini[12] com uma intenção evidentemente malévola, pouco convinha ao músico sem paralelo que Beethoven considerava como o primeiro compositor do seu tempo e ao qual ele fazia (ele, Beethoven, o gigante da sinfonia) a insigne honra de submeter-lhe humildemente o manuscrito da sua *Missa solene*, opus 123, pedindo-lhe que fizesse suas observações sobre ela.

Seja como for, e apesar das máculas pelas quais o humor colérico é o único responsável, essas cartas são do mais vivo interesse. Nelas, Berlioz mostra-se, por assim dizer, *a nu*; ele se deixa levar por tudo aquilo que ele aprova. Ele entra nos detalhes mais confidenciais da sua existência de homem e de artista. Em poucas palavras, ele abre ao seu amigo a sua alma por inteiro, e isso nos termos de uma efusão, de uma ternura e de um calor que mostram o quanto esses dois amigos eram dignos um do outro e feitos para se compreenderem. Se compreenderem! Essas duas palavras fazem pensar na imortal fábula do nosso divino La Fontaine: *Os dois amigos*.

---

11. Vincenzo Bellini (1801-1835), compositor italiano nascido em Catânia. Sua obra mais célebre é a ópera *Norma*.
12. Luigi Cherubini (1760-1842), compositor italiano nascido em Florença. Foi professor no Conservatório de Paris e destacou-se sobretudo nas composições de caráter religioso.

Se compreender! Entrar nessa comunhão perfeita de sentimentos, de pensamentos e de solicitude à qual se dão os dois mais belos nomes que existem na linguagem humana, o Amor e a Amizade! Eis aí todo o encanto da vida. E é esse também o mais poderoso atrativo desta *vida escrita*, desta conversa entre ausentes que foi tão bem chamada de *correspondência*.

Se as obras de Berlioz fazem que ele seja admirado, a publicação das presentes cartas fará ainda melhor: que ele seja amado, o que é a melhor de todas as coisas deste mundo.

Carta a Georges Bizet[13]

Paris, domingo, 18 de maio de 1856.[14]

Cara criança,

Obrigado por ter tão rapidamente e tão pontualmente me posto a par do tema[15] que vai exercitar a tua imaginação durante esses vinte ou vinte e cinco dias – decerto. Estou bem seguro de que tu terminarás a tempo, e talvez mesmo antes do prazo concedido. Desde o primeiro dia uma cantata se parece com uma ópera em cinco atos, e se acredita que nunca se terá dias e noites suficientes para completá-la. Sei alguma coisa sobre isso. Passei por isso e, no entanto, terminei, e meus colegas

---

13. *La Revue de Paris*, 15 de dezembro de 1899, p. 677-678.
14. Esta carta tem como sobrescrito, no verso – que traz o selo do correio: "Sr. Georges Bizet, no camarim para o prêmio de composição musical, no Institut de France". Bizet tinha então dezessete anos e meio e Gounod tinha trinta e oito. (*Revue de Paris*)
15. O poema proposto aos concorrentes para o grande prêmio de composição musical (Prêmio de Roma), em 1856, era *Davi*, cenas líricas para três personagens, escrito por Gaston d'Albano. Os três personagens eram "Davi, tenor; Saul, baixo; Micol, a filha mais nova de Saul, soprano". A Academia, nesse ano, não entregou o "primeiro grande prêmio"; o "segundo grande prêmio" foi entregue a Bizet, "aluno do sr. F. Halévy e do falecido sr. Zimmerman". (*Revue de Paris*)

também, e o prazo concedido foi bastante suficiente para a tarefa. *Não tenhas pressa!* Tudo virá no seu tempo. Não te apresses a adotar uma ideia sob o pretexto de que tu talvez não possas encontrar uma outra; surgirão dez para cada uma que dispensares. Sejas severo.

Estou encantado com o vosso tema pela única razão de que são figuras caracterizadas.

Aqui em casa, continuamos sempre esperando o resultado que tu sabes[16] – minha mulher não está mal.

Diga a esse bom Chéri[17] que estou me ocupando dele tanto quanto de ti, e que tenho pressa de conhecer aquilo que as Musas inspirarem a ambos.

Logo que a nossa espera tiver terminado, tirarei um dia para ir jantar e falar por alguns momentos contigo.

Muita coragem e, sobretudo, calma, porque a precipitação sufoca qualquer coisa. E, se eu tenho um conselho para te dar, é que não trabalhes à noite. O espírito se crispa, se contrai, e essa febre só leva, na maior parte do tempo, a uma única coisa: um descontentamento no dia seguinte que força a recomeçar o trabalho da véspera.

Adeus, aperto a mão de vocês dois.

Teu velho amigo,

CH. GOUNOD

---

16. O nascimento de uma criança, que foi um menino, Jean Gounod. (*Revue de Paris*)
17. Um dos concorrentes, Cizos (Victor), conhecido como Chéri, aluno de Adam e Zimmerman. (*Revue de Paris*)

Camille Saint-Saëns (1835-1921)

A ilusão wagneriana[1]

Antes de mais nada, o leitor deve estar prevenido de que não se trata aqui de uma crítica das obras ou das teorias de Richard Wagner.

Trata-se de uma coisa completamente diferente.

Isso posto, entremos na matéria.

I

Conhece-se o prodigioso desenvolvimento da literatura wagneriana. Há quarenta anos, livros, brochuras, revistas e jornais dissertam sem trégua sobre o autor e sobre as suas obras; a todo instante surgem novas análises de obras mil vezes analisadas, novas exposições de teorias mil vezes expostas. E isso continua sempre, não sendo possível prever quando vai acabar. Nem é preciso dizer que as questões estão esgotadas há muito tempo; repetem-se fastidiosamente as mesmas dissertações, as mesmas descrições e as mesmas doutrinas. Ignoro se o público tem interesse nisso, mas ele não parece se inquietar com essas coisas.

Isso salta aos olhos. Mas o que talvez não seja tão observado são as estranhas aberrações que estão semeadas na maior parte desses numerosos escritos; e nós não estamos falando daquelas inerentes à

---

1. Camille Saint-Saëns, *Portraits et souvenirs: l'art et les artistes.* Paris, Société d'Édition Artistique, 1900, p. 206-220.

inevitável incompetência das pessoas que não são, como se diz, do ramo. Nada é mais difícil do que falar de música: já é muito espinhoso para os músicos, e é quase impossível para os outros. Os mais enérgicos e os mais sutis aí se perdem. Ultimamente, tentado pela atração das questões wagnerianas, um "príncipe da crítica", um espírito luminoso, abria suas asas poderosas, subia para os altos cumes, e eu admirava a sua soberba maestria, a audácia e a segurança do seu voo e as belas curvas que ele descrevia no firmamento – quando, subitamente, tal como Ícaro, tombou pesadamente sobre a terra, declarando que o teatro musical *pode aventurar-se no domínio da filosofia, mas não pode fazer psicologia*. E, enquanto esfregava os olhos, cheguei a isto: que a música é uma arte que não penetra na alma e não circula nela por pequenos caminhos; que o seu domínio nas paixões humanas *reduz-se às grandes paixões, em seus momentos de plena expansão e de plena saúde*.

Será que o mestre ilustre e justamente admirado permite que eu não compartilhe, nisso, da vossa maneira de ver? Talvez eu tenha algum direito – vós, sem dúvida, reconhecereis isso – a pretender conhecer um pouco dos mecanismos secretos de uma arte na qual eu vivo, desde a minha infância, como um peixe na água. Ora, eu sempre a vi radicalmente impotente no domínio da ideia pura (e não será na ideia pura que se move a filosofia?) e todo-poderosa, ao contrário, quando se trata de exprimir a paixão em todos os graus, os mais delicados matizes do sentimento. Penetrar na alma e nela circular por pequenos caminhos, é justamente esse o seu papel de predileção e também o seu triunfo: a música começa onde termina a palavra, ela diz o inefável, ela nos faz descobrir em nós mesmos profundidades desconhecidas. Ela traduz impressões, "estados de alma" que nenhuma palavra poderia exprimir. E, diga-se de passagem, é por isso que a música dramática pôde tantas vezes se contentar com textos medíocres ou ainda piores; é que, em certos momentos, a música é o Verbo, é ela quem exprime tudo. A palavra torna-se secundária ou quase inútil.

Com o seu engenhoso sistema do *Leitmotiv*[2] (ó, palavra horrorosa!), Richard Wagner estendeu ainda mais o campo da expressão musical, fazendo compreender, com base naquilo que dizem os personagens, os seus mais secretos pensamentos. Esse sistema tinha sido entrevisto, e já esboçado, mas quase não se dava atenção a ele antes da aparição das obras nas quais ele recebeu todo o seu desenvolvimento. Querem ver um exemplo muito simples, escolhido entre mil? Tristão pergunta: "Onde nós estamos?". "Perto do fim", responde Isolda, ao som da mesma música que precedentemente acompanhava as palavras: "cabeça devotada à morte", que ela pronunciava em voz baixa, olhando Tristão; e compreendemos imediatamente de que "fim" ela deseja falar. Será que isso pertence à filosofia ou à psicologia?

Infelizmente, como todos os instrumentos delicados e complicados, este é frágil; ele só faz efeito sobre o espectador com a condição de que este entenda distintamente todas as palavras e tenha uma excelente memória musical.

Porém, não é disso que estamos tratando por ora; que o leitor me perdoe essa digressão.

Enquanto os comentadores se limitam a descrever as belezas das obras wagnerianas – a não ser por uma tendência à parcialidade e à hipérbole da qual não há motivos para se espantar –, não temos nada a lhes censurar. Porém, a partir do momento em que eles entram no cerne da questão, a partir do momento em que querem nos explicar em que o drama musical difere do drama lírico e este último da ópera, por que o drama musical deve ser necessariamente simbólico e legendário, como ele deve ser pensado musicalmente, como ele deve existir na orquestra e não nas vozes, como não seria possível aplicar a um drama musical a música da ópera, qual é a natureza essencial do *Leitmotiv* etc.;

---

2. Tema melódico que no transcorrer de todo o drama musical está associado a um personagem, uma situação, um sentimento ou um objeto.

a partir do momento em que eles querem, em resumo, nos iniciar em todas essas belas coisas, uma espessa névoa desce sobre o estilo. Palavras estranhas e frases incoerentes surgem subitamente, como diabos que saíssem de uma caixa; em poucas palavras, para expressar as coisas em termos honrosos, não se compreende mais absolutamente nada. Não há necessidade, para isso, de remontar à fabulosa e efêmera *Revista Wagneriana*, declarando um dia, aos seus leitores estupefatos, que seria doravante redigida em linguagem inteligível. Nem os escritores mais eruditos e mais ponderados escapam ao contágio.

Dotado pela natureza de um fundo de ingenuidade que os anos não conseguiram esgotar, eu por muito tempo procurei compreender. "Não é a luz que falta", dizia para mim mesmo, "são os meus olhos que são ruins." Eu acusava a minha imbecilidade natural, eu fazia os esforços mais sinceros para penetrar no sentido dessas dissertações. De tal modo que, um dia, encontrando esses mesmos raciocínios, ininteligíveis para mim, com a assinatura de um crítico cujo estilo tem comumente a limpidez do cristal de rocha, eu lhe escrevi para perguntar se ele não poderia, em consideração à fraqueza da minha vista, acender um pouco a lanterna. Ele teve a graciosidade de publicar a minha carta acompanhada de uma resposta – que não respondia a nada, não esclarecia nada e deixava as coisas no mesmo estado. Desde então, eu renunciei à luta e passei a investigar as causas desse fenômeno bizarro.

Provavelmente, existem várias. Talvez as próprias teorias, base da discussão, não tenham toda a clareza desejável. "Quando eu releio as minhas antigas obras teóricas", dizia um dia Richard Wagner a Villot[3], "não posso mais compreendê-las." Não seria de se espantar que os outros tivessem alguma dificuldade para se sair bem nisso. E aquilo que não se concebe bem – como sabeis vós – não poderia ser enunciado claramente.

---

3. Saint-Saëns refere-se a Frédéric Villot (1809-1875), historiador da arte nascido na Bélgica que foi conservador do Museu do Louvre.

Porém, isso não explicaria a prodigiosa superabundância de escritos sobre o mesmo assunto, de que nós falamos há pouco; a vaga das teorias não poderia ter nenhuma participação nisso. Busquemos, pois, e talvez terminemos por encontrar outras causas para essas anomalias.

II

O livro tão curioso de Victor Hugo sobre Shakespeare contém um capítulo que deveria ser publicado à parte e posto como um breviário nas mãos de todos os artistas e de todos os críticos. Trata-se do capítulo intitulado *A Arte e a Ciência*.

Nesse capítulo, o mestre demonstra e estabelece o seguinte: que entre a Arte e a Ciência, essas duas luzes do mundo, existe uma "diferença radical, a Ciência é perfectível e a Arte, não".

Ele foi acusado por alguns de ter desejado escrever, nesse livro, um libelo disfarçado *pro domo sua*[4]. Se fosse verdade, teria sido uma boa oportunidade para ele – cuja influência, não somente sobre a literatura, mas sobre todas as artes, tinha sido tão grande; para ele, que havia renovado a poesia e a própria língua, refundindo-as para o seu uso – insinuar, esforçando-se para estabelecer uma lei do progresso na Arte, que a sua obra era o *summum*[5] da arte moderna.

Ele fez justamente o contrário.

A Arte, diz ele, é a região dos iguais. A beleza de todas as coisas cá embaixo é a de poder se aperfeiçoar; a beleza da Arte é não ser suscetível de aperfeiçoamento.

A Arte caminha à sua maneira: ela se desloca como a Ciência; porém, suas criações sucessivas, contendo o imutável, permanecem.

Homero tinha apenas quatro ventos para as suas tempestades.

---

4. "Pela sua casa", em causa própria.
5. Ápice, suprassumo.

Virgílio, que teve 12; Dante, que teve 24; e Milton, que teve 32, não as fizeram mais belas.

Perdem seu tempo quando dizem: *Nescio quid majus nascitur Iliade*[6]. A Arte não está sujeita nem à diminuição nem ao aumento.

E ele termina com estas profundas palavras:

"[...] Esses gênios que não podemos ultrapassar, nós podemos igualá-los.

"Como?

"Sendo diferentes".

A exegese wagneriana parte de um princípio totalmente diferente. Para ela, Richard Wagner não é somente um gênio, é um Messias; o Drama e a Música estavam antes dele na infância e preparavam o seu advento. Os maiores músicos, Sebastian Bach, Mozart, Beethoven, nada mais eram do que precursores. Não há mais nada a ser feito fora do caminho que ele traçou, porque ele é o caminho, a verdade e a vida. Ele revelou ao mundo o evangelho da Arte perfeita.

Desde então, ele não poderia mais ser objeto de crítica, mas de proselitismo e de apostolado. E isso explica facilmente esse recomeço perpétuo, essa pregação que nada poderia cansar. Cristo e Buda estão mortos há muito tempo, e sempre se comenta a sua doutrina e ainda se escreve sobre a sua vida; isso durará tanto quanto o seu culto.

Mas se, como acreditamos, o princípio carece de justeza; se Richard Wagner não pode ser senão um grande gênio como Dante ou Shakespeare (podemos nos contentar com esses), a falsidade do princípio deverá reagir sobre as consequências; e é bastante natural, nesse caso, ver os comentadores se aventurarem, por vezes, em alguns raciocínios incompreensíveis, fontes de deduções delirantes.

"Cada grande artista", diz Hugo, "recunha a arte à sua imagem." E é tudo. Isso não apaga o passado e não fecha o futuro.

---

6. "Nasce algo maior do que a *Ilíada*." Verso com o qual Sexto Propércio anunciava entusiasticamente aos romanos o surgimento da *Eneida* de Virgílio (*Elegias*, II, 34).

A *Paixão segundo São Mateus*, *Don Giovanni*, *Alceste* e *Fidélio*[7] nada perderam do seu valor depois do nascimento de *Tristão* e de *O anel dos Nibelungos*. Existem apenas quatro instrumentos de sopro na *Paixão*, e eles não chegam a vinte em *Don Giovanni* e *Fidélio*; existem trinta em *Tristão*, e quarenta no *Anel dos Nibelungos*. Não adiantou nada. Isso é tão verdadeiro que o próprio Wagner, nos *Mestres cantores*, pôde voltar quase à orquestra de Beethoven e de Mozart, sem decair.

III

Tratemos de examinar as questões com sangue-frio.

Apresentam-nos como novidade, ou antes como renovação dos gregos – assim como o nobre jogo do ganso[8] –, essa ideia da união perfeita entre o drama, a música, a mímica e os recursos cenográficos do teatro. Mil perdões, mas essa ideia sempre foi a base da ópera, desde que ela existe; era malfeito, é possível, mas a intenção estava lá. Mas não era sempre tão malfeito quanto alguns gostam de dizer; e quando Mademoiselle Falcon[9] representava os *Huguenotes*[10], quando Madame Malibran representava o *Otello*[11], e quando Madame Viardot[12] representava o *Profeta*[13], a emoção estava em seu auge. Ficava-se espantado com os clarões sangrentos do São Bartolomeu, temia-se pela vida de Desdêmona, vibrava-se com Fides reencontrando no profeta,

---

7. As obras mencionadas são, na ordem, de Johann Sebastian Bach, Mozart, Gluck e Beethoven.
8. "Chama-se de jogo do ganso (*jeu de l'oie*) um jogo de dados que é jogado sobre um pedaço de papelão, no qual existem algumas figuras de gansos representados e colocados em uma determinada ordem" (*Dicionário da Academia francesa*, 1798).
9. Marie-Cornelie Falcon (1814-1897), cantora francesa nascida em Paris.
10. Ópera de Meyerbeer, com libreto de Eugène Scribe e Emile Deschamps (1836).
11. Ópera de Gioachino Rossini (1816).
12. Pauline Viardot (1821-1910), soprano francesa, irmã de Maria Malibran.
13. Ópera de Meyerbeer, com libreto de Scribe (1849).

cercado por todas as pompas da Igreja, o filho que ela acreditava estar morto... e não se pedia mais do que isso.

Richard Wagner "recunhou a arte à sua imagem"; sua fórmula efetuou de uma forma nova e poderosa a união íntima entre as diferentes artes, cujo conjunto constitui o drama lírico. Pois que seja. Mas será que essa fórmula é definitiva? Será que ela é A VERDADE?

Não. Ela não é, pois ela não pode ser, porque isso não pode existir aqui.

Porque, se existisse, a arte atingiria a sua perfeição, o que não está no poder do espírito humano.

Porque, se existisse, a arte subsequente não seria mais que um amontoado de imitações condenadas por sua própria natureza à mediocridade e à inutilidade.

As diferentes partes das quais se compõe o drama lírico tenderão incessantemente ao equilíbrio perfeito, sem jamais alcançá-lo, por meio de soluções sempre novas para o problema.

Há pouco tempo, esqueciam-se de bom grado do drama para escutar as vozes e, se a orquestra resolvesse ser muito interessante, queixavam-se disso e a acusavam de desviar a atenção.

Agora o público escuta a orquestra, procura seguir os mil delineamentos que se emaranham, o jogo cintilante das sonoridades; ele esquece, com isso, de escutar o que dizem os atores em cena, e perde de vista a ação.

O novo sistema aniquila quase completamente a arte do canto, e se vangloria disso. Assim, o instrumento por excelência, o único instrumento *vivo*, não será mais encarregado de enunciar as frases melódicas; serão os outros, os instrumentos fabricados pelas nossas mãos, pálidas e desajeitadas imitações da voz humana, que cantarão em seu lugar. Será que não existe nisso algum inconveniente?

Prossigamos. A nova arte, em razão da sua extrema complexidade, impõe ao executante, e ao próprio espectador, fadigas extremas, esforços por vezes sobre-humanos. Pela volúpia especial que emana de um desenvolvimento até então inusitado dos recursos da harmonia e das combinações instrumentais, ela engendra superexcitações nervosas, exaltações extravagantes, fora do objetivo a que a arte deve se propor. Ela extenua o cérebro, com o risco de desequilibrá-lo. Eu não critico: simplesmente constato. O oceano submerge, o raio mata: e nem por isso o mar e a tempestade são menos sublimes.

Prossigamos sempre. É contrário ao bom senso pôr o drama na orquestra, quando o seu lugar é no palco. Será que terei de vos confessar que para mim, nesse caso, isso não faz nenhuma diferença? O gênio tem razões que a razão desconhece.

Mas isso já é o suficiente, penso eu, para demonstrar que essa arte tem os seus defeitos, como tudo neste mundo; que ela não é a arte perfeita, a arte definitiva depois da qual tudo o que restaria a fazer seria tocar a escala.

A escala continua lá. Como diz Hugo, a primeira posição está sempre livre.

IV

Hugo faz uma pintura dos gênios, e é curioso ver como ela se aplica naturalmente a Richard Wagner; se diria, em alguns momentos, que ele traçou o seu retrato. Vejam só:

> [...] Esses homens escalam a montanha, entram na nuvem, desaparecem, reaparecem. São espreitados, observados... O caminho é árduo. As escarpas se defendem... É preciso construir a sua própria escada, cortar o gelo e ir para cima, talhar degraus no ódio...
>
> Esses gênios são exagerados...
>
> Não se expor é uma perfeição negativa. É bom ser atacável...

Os grandes espíritos são incômodos... existe algo de verdadeiro nas críticas que lhes são feitas...

O forte, o grande e o luminoso são, de um certo ponto de vista, ofensivos... Eles ultrapassam a vossa inteligência; eles fazem mal aos olhos da vossa imaginação; eles questionam e reviram a vossa consciência; eles torcem as vossas entranhas; eles partem o vosso coração; eles arrebatam a vossa alma...

Assim, grande como Homero e Ésquilo, como Shakespeare e Dante, concordo. Grande gênio, mas não Messias. O tempo dos deuses já passou.

Nem valeria a pena dizer isso se não houvesse, sob essa ilusão, algumas armadilhas e alguns perigos.

Primeiramente, o perigo da imitação. Todo grande artista traz alguns novos procedimentos; estes entram no domínio público: todos têm o direito e mesmo o dever de estudá-los, de aproveitar-se deles como de um alimento; mas a imitação deve parar por aí. Se quiserem seguir o modelo passo a passo, se não ousarem desviar-se dele, estarão condenados à impotência; nunca farão senão obras artificiais, tão sem vida quanto sem alcance.

Um outro perigo é o de imaginar que a arte fez tábula rasa, que ela começou uma jornada totalmente nova e não tem mais nada a ver com o passado. É quase como se resolvessem, para fazer que uma árvore crescesse, suprimir as suas raízes.

Não existem estudos sérios sem o respeito e sem o cultivo da tradição.

A tradição é uma força, uma luz, um ensinamento. Ela é o depósito das faculdades mais profundas de um povo. Ela assegura a solidariedade intelectual entre as gerações através dos tempos. Ela distingue a civilização da barbárie. Não querem mais os seus serviços, desprezam os seus ensinamentos. Os mestres são injuriados e ignorados, e, coisa curiosa, no mesmo momento atiram-se na imitação dos estrangeiros. Porém, ao imitá-los, perdem as suas qualidades naturais e só conseguem copiar os seus defeitos. Deixa-se de ser claro como um bom francês para tentar ser profundo como um norueguês, ou sentimental como um russo. E só se consegue ser obscuro e tedioso; e, sob o pretexto de fazer entrar na nossa literatura mais vida e beleza, compuseram alguns livros que, carecendo de ambas, carecem também das velhas tradições nacionais de movimento, de ordem e de bom senso.

Assim fala um homem eminente, Charles Richet[14], que provavelmente pouco pensava nas questões que nos ocupam quando escrevia um artigo sobre a *anarquia literária*. Seria possível escrever um outro sobre a anarquia musical. Alguns jovens infelizes estão atualmente persuadidos de que as regras devem ser atiradas no lixo, de que é necessário fazer regras para si mesmo de acordo com o seu temperamento particular; eles retornam ao estado selvagem da música, aos tempos da diafonia[15]; alguns chegam a escrever coisas informes, análogas àquilo que fazem as crianças quando põem, ao acaso, suas mãozinhas no teclado de um piano...

Richard Wagner não procedeu assim: ele mergulhou profundamente as suas raízes no húmus da escola, no solo fértil de Sebastian Bach; e quando ele forjou, mais tarde, algumas regras para o seu uso, tinha adquirido o direito de fazer isso.

Um outro perigo é o que correm os críticos wagnerianos pouco esclarecidos – existem alguns – que não querem conhecer outra música além da de Richard Wagner, ignoram todo o resto e se entregam, na falta de motivo de comparação, a algumas apreciações bizarras,

---

14. Charles Richet (1850-1935), médico e fisiologista francês. Ganhou o Nobel de medicina em 1913.
15. Palavra oriunda do grego que significa "desacordo", "dissonância".

extasiando-se com futilidades, maravilhando-se com as coisas mais ordinárias. É assim que um escritor pretensamente sério informava um dia a um maestro, ao qual ele dava muitos conselhos, que *na música de Wagner, crescendo* e *diminuendo* significavam "aumentando e diminuindo o som". É como se dissessem que, nas obras de Molière, um ponto colocado depois de uma palavra adverte o leitor de que a frase terminou.

Haveria uma antologia bem divertida a ser feita com os erros, os contrassensos e as coisas engraçadas de todos os tipos que pululam na crítica wagneriana, diante do olhar do público inocente. Deixo essa tarefa para os menos ocupados.

Georges Bizet (1838-1875)

Cartas[1]

CARTAS DE ROMA

I

Avignon, 24 de dezembro de 1857.

Querido papai e querida mamãe,

Como vão vocês?... Os três dias que passei longe de vocês me pareceram bem longos, e quando eu penso que isso é apenas a 365ª parte do tempo que eu devo ficar separado de vocês, isso me assusta bastante. Não tenho, no entanto, senão que me felicitar pelos meus companheiros. Heim é, como eu o tinha julgado, um rapaz encantador; Sellier e Didier são excelentes camaradas, e até mesmo Colin é quase adequado[2].

Nós já visitamos, desde a tarde de segunda-feira, Lyon, Vienne, Valence[3], Orange, e estamos atualmente em Avignon. Fizemos alguns

---

1. *Lettres de Georges Bizet*. Paris, Calmann-Lévy, 1908, p. 1-13/281-285
2. Todos pensionistas da Villa Médicis: Heim (Eugène), arquiteto; Sellier e Didier, pintores; Colin, músico. Georges Bizet tinha acabado de obter, antes de ter completado o seu décimo nono ano, o "primeiro grande prêmio de composição musical". (Louis Ganderax)
3. Cidades localizadas no sudeste da França, na região de Rhône-Alpes. Não confundir com Viena, capital da Áustria, e Valência, no sudeste da Espanha. (N. E.)

passeios esplêndidos. Montanhas, rios, nada nos detêm. Heim não tem piedade das minhas pernas, e eu espero, graças a ele, emagrecer consideravelmente. Nós estamos aqui em plena primavera, temos sol e céu azul como em Paris em julho. É uma bela viagem, e se eu não tivesse a tristeza de não sentir vocês ao meu lado, estaria completamente alegre. Hector[4] tinha razão de me falar bem da sua terra. É pitoresca, imponente, e um artista deve tirar proveito disso, quer ele seja pintor ou músico, escultor ou arquiteto.

Vocês veem que eu não tive paciência de esperar chegar a Marselha para escrever-lhes. Espero que mamãe me escreva para Toulon, *posta-restante*, onde estarei na próxima quarta-feira. Indico Toulon de preferência a Marselha, porque nesta última cidade o serviço do correio é, pelo que me disseram, muito irregular. Mas, sobretudo, não deixem de me escrever, porque eu tenho que ter notícias da saúde de mamãe, que me inquieta. Sobretudo, não se preocupem: eu sou o mais feliz de todos os jovens que conheço, e seria loucura me queixar.

Deixo vocês, porque nós vamos embarcar... em um carro, para ir visitar a fonte de Vaucluse, uma das coisas mais belas dessa magnífica região.

Adeus, abraço vocês com toda a ternura de um filho amoroso e agradecido, e suplico que vocês não fiquem desolados.

Seu querido e amado filho,

GEORGES BIZET

---

4. Hector Gruyer, jovem cantor, aluno do pai de Bizet. (Louis Ganderax)

II

Toulon, 29 de dezembro de 1857.

Caros pais,

Nós chegamos de diligência, cansados por dez horas de viagem, e não quero no entanto me deitar sem lhes escrever, porque quero muito que esta carta chegue até vocês em 1º de janeiro. Não pude, devido à hora avançada da noite, ir ao correio buscar a carta que espero encontrar lá, mas eu a apanharei amanhã de manhã e acrescentarei, se houver motivo, algumas linhas a esta aqui.

Nós fizemos uma viagem deliciosa, desfrutamos de um tempo maravilhoso. Que bela terra! Essas ruínas da Antiguidade e da Idade Média, essas montanhas, esses vales, esses panoramas imponentes e, acima de tudo, o mar, que é para mim uma coisa totalmente nova. Eu vi mais e pensei mais em oito dias do que tinha feito até então. O espetáculo da natureza é uma coisa de tal modo desconhecida para mim que me é impossível analisar as impressões que recebo.

É verdade que a tristeza de estar separado de vocês me faz ver tudo de uma maneira mais séria. Nós fazemos alguns passeios insensatos, e eu juro a vocês que, quando se trata de admirar uma bela vista ou algumas ruínas interessantes, não é uma légua a mais ou a menos que nos detém. Heim está possesso, e posso dizer que sou eu quem melhor o acompanha.

Já emagreci e estraguei dois pares de sapatos, mas é preciso dizer que as montanhas daqui são de pedra, e não de terra argilosa, como a nossa burguesa colina de Montmartre.

Fizemos, nesta tarde, um pequeno passeio de bote na enseada de Toulon, que me impressionou vivamente. Eu não suspeitava de maneira alguma do efeito grandioso e original do mar. Amanhã, nós visitaremos dois grandes navios de linha de setenta e noventa canhões.

Nossos passaportes têm um efeito maravilhoso, e os porteiros dos museus e de outros monumentos são, conosco, de uma extrema amabilidade.

A coisa espantosa é que eu perdi meu apetite feroz. No entanto, a alimentação dos hotéis é tolerável, mas eu tenho o espírito muito ocupado, o que torna o meu estômago mais razoável. Em suma, estou convencido de que uma viagem como esta, feita na minha idade e em tão boas condições, é uma boa fortuna que seria loucura deixar escapar.

Eu tinha julgado bem Heim: ele é de uma boa e sólida natureza, e nós não demoramos a nos tornar camaradas, e em pouco tempo seremos amigos. Colin é gentil. Sellier, o pintor, é um rapaz bom e ingênuo, muito artístico e cheio de sentimento. É uma criança, quanto à intenção, e o mais obsequioso dos homens. Vocês veem que eu tive sorte. Nesses oito dias, nós não tivemos uma única desavença, por menor que seja; tudo vai correndo da melhor maneira.

Mas falemos de vocês, que não têm, como eu, as distrações de uma esplêndida viagem para se consolarem pela nossa separação. Eu a vejo daqui, querida mamãe, bem triste, embora resignada; sei que o pensamento de saber que eu estou feliz é um grande alívio para você, mas, enfim, três anos é muito tempo. Mas, também, que alegria quando eu retornar! Quanto ao meu caro papai, ele tem muita vontade para não deixar de conformar-se, se não alegremente, pelo menos com coragem. De resto, eu lhes escreverei tantas vezes e lhes direi tanto nas minhas cartas que nós acabaremos por nos crer reunidos. Estamos mais próximos a quinhentas léguas, quando estamos unidos pelo coração, do que a dez passos quando somos indiferentes.

E agora recebam, meus muito queridos e amados pais, os meus votos mais sinceros e mais ternos: uma boa saúde física e moral, e algumas aulas[5], porque é preciso pensar nas coisas materiais – eis aí o mais

---

5. O pai de Bizet era professor de canto, embora não fosse sua única ocupação, e a mãe do compositor dava aulas de piano informalmente. (N. E.)

importante e o mais urgente. Quanto a mim, não me desejem nada: estou tão feliz que temo sempre ver a minha sorte acabar e não ouso pedir mais nada. Além do mais, e posso dizê-lo sem orgulho, estou satisfeito comigo, eu sou mais *homem* do que vocês acreditavam, tenho muita organização e minha mala é um verdadeiro modelo. Heim e eu irritamos muito os nossos colegas pelo tamanho do nosso guarda-roupa. Assim, somos os mais asseados.

Mil coisas para Hector, no qual eu penso muitas vezes, para Fournel, para Bétinet, para o meu bom Gounod e para a família Zimmerman[6]; se você for vê-los, querida mamãe, fale com eles de toda a minha amizade e de todo o meu desejo de um grande sucesso para o *Médecin malgré lui*[7]. Não esqueçam nem de Gustave nem de ninguém. Quando eu estiver em Roma, escreverei uma dúzia de cartas, para Halévy, Gounod, Houdart, Marmontel etc. Até lá, mil beijos do seu filho.

GEORGES BIZET

Eu lhes escreverei de Gênova ou de Florença.

Querida mamãe, recebi agora mesmo a sua carta. Estou muito feliz de saber que você está melhor de saúde. Obrigado por todas as boas coisas que você me diz. Eu gasto o mínimo de dinheiro possível e espero que os cem francos suplementares que recebi de vocês em Paris sejam inúteis... Adeus... Até logo!

---

6. A família da sra. Gounod. (Louis Ganderax)
7. Representado pouco depois (em 15 de janeiro de 1858), com música de Gounod, no Teatro Lírico. (Louis Ganderax)

III

Savona (Estados sardos – Itália), 4 de janeiro de 1858.

Querida mamãe,

Estamos agora na Itália. Deixamos Nice anteontem em uma carruagem de aluguel, e faremos amanhã a nossa entrada em Gênova. Minhas aulas de italiano estão me servindo muito agora; eu não me esqueci, pelo contrário. Se você vir o sr. Vimercati, diga-lhe isso. Eu sou o único da turma que pode engrolar um pouco, e isso me cai muito bem. Nós colhemos rosas e laranjas ao longo de todo o caminho, o que é surpreendente. Infelizmente, esta noite começou a nevar: isso me assusta horrivelmente. Eu me sinto muito bem, a não ser por um terrível resfriado – aquele mesmo, aliás, que eu já tinha em Paris (ele é tenaz como o diabo). Tomo todos os dias uma xícara de leite quente com noz-moscada: você pode ver que eu me lembro do seu remédio.

Fiquei muito desiludido, ao entrar na Itália, de encontrar nela uma arquitetura horrível, algumas igrejas pintadas como se fossem cenários de papelão. Heim e todos nós ficamos estupefatos. É verdade que na Toscana e em Roma nós seremos bem compensados. A estrada de la Corniche (de Nice à Gênova), que costeia o mar ao longo de sessenta léguas, é esplêndida. Temos ali algumas vistas maravilhosas. O mar começa a se encrespar, esta tarde, e as ondas estão quase da minha altura.

Estou ansioso para ter o meu querido Hector comigo. Será uma lembrança de vocês e de Paris, dos quais nós dois poderemos falar à vontade. De resto, ele encontrará nos nossos camaradas rapazes encantadores. Faz hoje quinze dias que deixamos Paris e ainda não trocamos uma única palavra áspera e de mau humor.

Penso que Gounod não terá ficado surpreso por não receber notícias minhas no dia de ano-novo: quando se está em viagem, escrever algumas palavras é tão complicado quanto concluir uma questão de Estado. Recuperarei em Roma o tempo perdido e lhe escreverei uma longa carta, assim como à sra. Zimmerman. A mesma coisa farão Hector e os meus bons camaradas. Eu me organizarei de maneira a escrever uma cartinha para Marmontel para a festa dele, no dia 17: isso lhe dará um imenso prazer e é uma consideração que eu bem lhe devo[8].

Viajando em pequenos percursos, eu visito uma grande quantidade de cidades e de aldeias piemontesas. Quanto mais se examina esse país, mais se admira o rei da Sardenha[9]: é um homem decidido. Infelizmente, o partido dos padres é temível. O maître do restaurante onde nós fomos esta noite nos contava, há uma hora, coisas incríveis sobre esses malditos jesuítas. Em todas as cidades pequenas, as mulheres são beatas e de uma virtude feroz, exceto com os seus confessores. De resto, os homens são tão santarrões quanto as suas mulheres e, no diabo dessa terra, só se pensa em mendigar. Porém, os piemonteses mendigam de diversas maneiras, durante o dia humildemente e à noite com uma escopeta. Nós tomamos a decisão de jamais dar nada e nunca viajamos sem ser durante o dia.

Esta carta provavelmente vai demorar um pouco para chegar a Paris, porque aqui não existem estradas de ferro ou barcos a vapor. A diligência de Marselha apanha o correio quando passa, e as cartas são, em seguida, enviadas para Paris. Respondam-me para *Florença, Toscana, Itália, posta-restante*. Dentro de oito dias, estarei lá. Não fique preocupada se não receber nenhuma carta minha antes que eu receba a sua, e trate sobretudo de não ficar muito triste. Eu estou muito feliz, e não tenho nada a desejar além de boas notícias sobre você e papai. Como ele

---

8. Marmontel* tinha sido, no Conservatório, seu professor de piano. (Louis Ganderax)
   * Antoine Marmontel (1816-1898), pianista e professor de música francês nascido em Clermont-Ferrand.
9. Naquela época, o rei da Sardenha (cujo território incluía o noroeste da península Itálica) era Vitório Emanuel, que pouco mais tarde (1861) se tornaria o primeiro rei da Itália unificada.

está? Como está a dor dele? A quantas anda o caso de Offenbach[10]?... Fale-me de todo mundo, mesmo dos indiferentes, porque eu tenho a intenção de escrever para muita gente, a fim de ser esquecido o menos possível. Penso em vocês continuamente, sobretudo à noite, porque mal eu fecho os olhos sonho com Paris. Dê-me muitos detalhes, console-se e acreditem os dois que eu sou o seu filho bem terno e bem afetuoso.

GEORGES BIZET

CARTA DE 1871

Paris, 20 de março de 1871.[11]

Caro amigo[12],

De longe, é apavorante, não é? Pois bem! De perto é apenas grotesco! Clément Thomas e Lecomte assassinados por alguns francoatiradores e soldados de linha[13]! É um fato horrível, infame, mas isolado.

---

10. Jacques (ou Jacob) Offenbach (1819-1880), compositor alemão que fez sua carreira em Paris, tornando-se mundialmente célebre pelas suas operetas e pela obra-prima *Os contos de Hoffmann*.
11. Esta carta foi escrita poucos dias depois de ser deflagrada a insurreição popular conhecida como "Comuna de Paris", que teve início em 18 de março de 1871 e durou até o final do mês de maio desse mesmo ano. Essa revolta, uma reação do povo parisiense diante da vergonhosa capitulação do país na guerra contra a Prússia, instaurou um governo revolucionário de caráter republicano, comandado em grande parte por operários e proletários. Nessa ocasião, Bizet integrava o 6º batalhão da Guarda Nacional, que apoiava os revolucionários comunardos.
12. Georges Bizet casou-se em 1870 com Geneviève Halévy, filha do compositor Fromental Halévy. Sua sogra era uma destinatária constante de suas cartas, assim como o irmão desta, Hippolyte Rodrigues. (N. E.)
13. Os generais de brigada Jacques Léonard Clément-Thomas e Claude Martin Lecomte foram julgados sumariamente e fuzilados pelos revolucionários da comuna em 18 de março.

O espetáculo verdadeiro, ei-lo aqui:

Trinta mil homens em Montmartre, Belleville etc., dos quais 25 mil decididos a dar no pé ao primeiro tiro; um comitê[14] muito embaraçado com a situação e querendo desvencilhar-se dela a qualquer preço.

Em Paris, 300 mil homens! Vergonha para sempre inapagável! Trezentos mil covardes, 300 mil patifes, bem mais culpados, na minha opinião, do que os malucos lá de cima. É ignóbil! – Quando eu digo 300 mil covardes, deveria dizer 250 mil, porque cerca de 5 mil homens (inclusive eu) foram se colocar à disposição do governo[15]. Apesar do nosso número restrito, apesar do nosso armamento defeituoso e apesar da *falta de munições* (é insensato, mas eu vos juro que é assim), nós teríamos marchado. Nos fizeram esperar durante 18 horas, nós não vimos nenhum oficial superior e não recebemos nenhuma ordem. Nossos chefes de batalhão não se dignaram a vir saber notícias nossas. O meu fez uma breve aparição por volta das duas horas e não voltou mais. À meia-noite, uma espécie de oficial do estado-maior veio nos aconselhar a voltar para as nossas casas.

Toda Paris fora de casa, burguesmente, com o cigarro na boca, informando-se com tranquilidade. Os lá de cima mal ousando sair do seu buraco. Não, caro amigo, não! Paris jamais vai se recuperar desta vergonha. Seria de morrer de rir, se não fosse o sinal certo da morte de uma sociedade. Quanto à pilhagem, o *Jornal Oficial* mil vezes a desmentiu! Não se pegou um alfinete! *Eles* são disciplinados lá em cima, e o primeiro que roubasse seria fuzilado. Montmartre está perfeitamente acessível. Os conservadores vão passear por lá e são, além disso, recebidos

---

14. O "comitê central". (Louis Ganderax)
15. Existe uma evidente confusão na matemática de Bizet: ou são 295 mil covardes ou 50 mil valentes patriotas. É mais provável que se trate do primeiro caso, o que estaria de acordo com a frase seguinte.

com muita cortesia. Ontem, domingo (o tempo estava agradável), a cidade tinha verdadeiramente um ar de festa!... Eu vos dou a minha palavra de honra de que não estou exagerando em nada!...

Ontem, dois moradores de Montmartre me chamam:

— Olá! Cidadão do 6º, isso é muito bacana! Ponham pra correr os reaças, salvem a pátria!

Respondo:

— Meus cordeirinhos, será que vocês pensaram nos prussianos?

— Que prussianos?

— Mas os prussianos da Prússia, que diacho! Eles vão cair em cima de nós!

— Jura?

— Dou minha palavra!

Depois de um pouco de reflexão:

— Bah! Desta vez a gente vai lhes dar uma coça!...

— Sim, mas, desta vez (retruquei, olhando fixamente para o simplório), não precisa fugir com o rabo entre as pernas, como da primeira!

Se você tivesse visto a cara do sujeito, teria rido. Seu olhar dizia claramente: "Puxa! Ele me conhece!".

As lojas estão abertas; não se pensa no amanhã, não se compreende nada! Paris está idiotizada, embrutecida. — Eu faço uma aposta: colocar-me-ei onde você quiser e esbofetearei os cem primeiros que me caírem nas mãos; nenhum revidará! É fantástico. Eu fui duro, muito duro com alguns belos cavalheiros que se lamentavam pela sua sorte, pelos seus interesses etc. "Vão pegar num fuzil e venham se juntar a nós!" Eles partiram sem dizer uma palavra.

Confesso o meu erro: eu tinha julgado bem a situação da insurreição, mas eu acreditava que Paris ainda tinha algumas gotas de sangue correndo nas veias. Eu estava enganado, desculpe-me!

O Comitê central, não sabendo mais o que fazer, vai tentar promover eleições a fim de se esconder atrás do sufrágio universal. Nós veremos se Paris será também bastante covarde para tomar parte nesse escrutínio. Alguns vestígios reacionários estão escondidos debaixo de toda essa desordem...

Em suma, não se preocupem, não há perigo para nós. Paris caiu muito baixo para ser sanguinária[16]. Nós não temos mais revoluções, e sim paródias de revolução! O crime não pode existir senão na condição de rara exceção...

Eu quis ser divertido, mas você deve ter percebido que eu estou desolado, não é?... Nós marchamos para a monarquia católica, e é isso o que eu mais temia!

Escreva-nos. Geneviève vai muito bem e lhe abraça, como eu, de todo o coração.

GEORGES BIZET

16. Bizet estava equivocado. A fase final da comuna, após a entrada em Paris das tropas legalistas, é justamente conhecida como *Semana sangrenta* (21 a 28 de maio de 1871). Enquanto milhares de revolucionários eram executados sumariamente, outros tratavam de incendiar diversos prédios e monumentos históricos da cidade, destruindo obras de arte e documentos históricos insubstituíveis.

Emmanuel Chabrier (1841-1894)

Cartas inéditas[1]

Carta a Paul Lacôme[2]

Cauterets, segunda-feira (7 de julho de 1879).

Caro amigo,

Quando é que você vem? *O Profeta* vai ser representado no Teatro do Parque, na próxima quinta-feira. Eis aí uma gargalhada à qual você não poderia se recusar; e rir a dois, às vezes mesmo a três – porque C... virá –, é rir duplamente, é rir triplamente, é arregalar os olhos, é rachar a mandíbula, desapertar o ventre, dar tapas nas coxas agitando a cabeça. Enfim, o *Profeta* no Teatro do Parque é inenarrável, é preciso vê-lo, é preciso correr, é preciso voar, atravessar as torrentes, escalar os picos, fazer as coisas mais inverossímeis para contemplar a mais inverossímil de todas: o *Profeta* no Teatro do Parque! – Eu sei que você tem alguns bois para vender e vinho para sei lá mais o quê; C... me disse isso; também existe provavelmente um *Carlos II*, do qual o *Le Figaro* anunciava ultimamente a preparação; no entanto, eu lhe suplico que faça tudo o que for possível para dar as caras por aqui prontamente, pois nós daremos o fora no dia 28 ou 29 deste mês. – No fundo, eu não vou

---

1. *Bulletin de la Société Française des Amis de la Musique*, 1909.
2. Compositor e crítico musical francês (1838-1920).

muito bem: tenho o meu ouvido e um olho, todos à esquerda, que me dão inquietação. Será que eu estaria hipotecado? Ah, que inferno! Isso me desagradaria muito! Enfim, eu me cuido como um homem levemente ferido, e isso não pode fazer mal. Minha mulher voltará, espero, radicalmente curada. Sou eu o caso interessante! O que será de nós?!

Então venha! O doutor acha que você se resfria com muita facilidade: ele tem alguma coisa espantosa que lhe fará um enorme bem!

A você, cordialmente,

EMMANUEL

Carta aos Srs. Énoch e Costallat[3]

San Sebastian, 20, Calle San Marcial, segunda-feira, 2 horas (1882).

Meus caros amigos,

Desculpai-me, vos peço, por não ter respondido mais cedo à vossa muito encantadora carta do outro dia, mas as minhas pulgas não me deixaram um instante de tranquilidade. Faz oito dias que eu passo a catá-las. Bem se vê que vós não sabeis o que é a pulga de Guipuzcoa[4], e eu vou vos dizer – já que talvez seja uma oportunidade que vós nunca

---

3. Desde 1877, Énoch e Costallat eram os editores das partituras de Chabrier.
4. Província do norte da Espanha, pertencente ao País Basco.

mais tereis. A pulga espanhola é eminentemente patriota e emigra pouco; depois dos acontecimentos carlistas[5], nos quais elas estiveram vigorosamente envolvidas, uma considerável quantidade delas lamentavelmente pereceu. Houve desordem, não se pode deixar de reconhecer; porém, vocês não imaginam (e é um exemplo sobre o qual nós deveríamos refletir bastante) com que rapidez, com que maravilhoso entendimento aquelas que sobreviveram – e restavam muitas – tomaram o caminho de casa.

Elas têm, de resto, o seu canto nacional – poderíamos dizer a sua *Marselhesa*. Trata-se de um 3/4 em fá maior que um compositor francês, chamado Berlioz, introduziu em sua *Danação de Fausto* – assim como havia introduzido também o canto nacional de Racosky[6]. Como a província de Guipuzcoa é uma das mais frescas da península, a pulga aqui é um pouco friorenta e procura de bom grado as dobras de terrenos, os lugares abrigados, úmidos, com temperatura de estufa; elas têm um fraco, e compreendo isso, pelo corpo da mulher; ali, elas estão realmente onde lhes convêm. É sobretudo a mulher gorda, as rotundas mocetonas, que elas visam especialmente; esses grandes corpos comprimidos por um espartilho dentro do qual seria possível promover algumas touradas; esses imensos traseiros que se parecem com canhões Krupp[7] de longo alcance; e também o umbigo, o bom e velho umbigo perdido, o umbigo em forma de funil, em forma de cratera. Essas pulgas são geralmente bastante debochadas, e eu poderia vos contar algumas histórias de fazer corar as capas da coleção Litolff[8].

---

5. Nome dado aos partidários de Carlos de Bourbon, que tentou tomar o trono da Espanha das mãos de sua sobrinha Isabela II.
6. Marcha que simbolizou a luta do povo romeno contra a dominação dos Habsburgo.
7. Célebre fábrica alemã de armamentos pesados.
8. Coleção de partituras e métodos musicais criada e editada na Alemanha pelo compositor e pianista anglo-francês Henry Litolff. Énoch e Costallat representavam essa coleção na França.

Se vós fordes bem ajuizados, eu vos falarei sobre isso numa outra ocasião.

Obrigado pelas informações tão precisas que vós me destes sobre E...; espero com impaciência o manuscrito de *Gwendoline*[9]. Peço também que agradeçais a este excelente K..., que acaba de me enviar, da parte de G..., um libreto em três atos de um humor massacrante. Vós recebereis dentro de oito dias a música para esta obra, e conto com a vossa costumeira benevolência para entregá-la imediatamente aos nossos melhores gravadores. No próximo domingo, dia 6 do mês corrente, enquanto, com uma mão, vós estiverdes regando as plantas e com a outra estiverdes mandando beijos para as vossas esposas, por volta das quatro da tarde, nós todos estaremos nas touradas. Tenho sonhado com isso nos últimos oito dias; é pouco provável que eu tenha nesse espetáculo uma participação ativa e direta, assim como eu tinha inicialmente a intenção de fazer; minha ideia era aturdir inicialmente o touro apresentando-lhe o manuscrito do 3º ato dos *Muscadins*[10] e fulminá-lo cantando para ele a *3ª valsa;* porém, minha esposa não foi feita para esses lances de audácia, e ela diz que eu não passo de um sonhador.

Se vós virdes o diretor do teatro de Port-Saïd[11], a quem o sr. de Lesseps me recomendou com veemência, digam-lhe que eu espero enviar-lhe até o dia de Todos os Santos os dois primeiros atos de *Arabi*. Essa obra será o coroamento da minha carreira, o meu *Parsifal*. Depois da estreia de *Arabi*, vou descansar, e não terei certamente roubado.

Ah! Nós poderemos dizer, todos os três, que demos muito duro neste mundo: sobretudo C...; positivamente, ele me dá pena; para ele, não há paz nem trégua. Dizei-lhe, portanto, meu bem amado Énoch, que agindo assim a coisa vai acabar ficando feia; esse homem se

---

9. Ópera de Chabrier com libreto de Catulle Mendès.
10. Ópera que Chabrier deixou inacabada.
11. Cidade egípcia que fica na entrada do Canal de Suez, construído por iniciativa do diplomata Ferdinand de Lesseps.

levanta às oito horas, pega o trem, vai a pé da estação de Saint-Lazare até o seu escritório; logo que chega, tranca-se durante duas horas com Ernest para examinar a correspondência; seu almoço dura apenas duas horinhas, com o risco de se engasgar, e, enquanto a digestão ainda não foi feita, quando os alimentos ainda não ultrapassaram a garganta, duas novas horas de um trabalho absorvente, terrível! Ernest não poderia resistir por muito tempo, mas este é um detalhe: ele não é um dos sócios, ele é um garoto; ainda restaria muita coisa de Ernest, sem contar o vosso – para quem eu vos peço que queira mandar as minhas lembranças. Mas um pai de família, um esposo! A coisa é grave. Abraçai-o por mim e diga a ele para se poupar.

De nós dois para vós quatro, cordialmente,

EMMANUEL

E Lacôme?

Carta aos Srs. Énoch e Costallat (II)

San Sebastian, 20, Calle San
Marcial, segunda-feira, 2 horas
(1882).

Caros amigos,

A família chegou ontem sem transtornos. Pouco a pouco, vamos adquirir os seus pequenos hábitos e daqui a oito dias não seremos mais falsos espanhóis. San Sebastian é, de resto, ligeiramente cosmopolita, e a cor local aqui é muito atenuada; todavia, não é mais de maneira alguma a rua Rochechouart, e os arredores de Paris têm que tomar cuidado. Quem será que disse que não existiam mais os Pirineus? Quem diabos foi essa besta? Onde será que ela está? Tenho aqui, diante das minhas janelas, uma enorme faixa deles; é o pano de fundo; o Urumea, rio tranquilo, serpenteia mansamente diante dos meus olhos e se lança – eu deveria dizer desliza, se afunila – para o mar, mas ali pertinho, a um metro e meio. As mulheres são bonitas, os homens bem constituídos e, na praia, as *señoras* que têm um belo colo se esquecem muitas vezes de prender firmemente as suas roupas; daqui por diante carregarei alguns botões e linha. Prestar serviço é a minha paixão.

Aluguei muito caro um insignificante Aucher[12], e me proponho a iniciar o mestre de capela da localidade nas belezas sem-par da *Tetralogia*[13], que eu meti no fundo da minha mala, é claro. Não falo do *Tristão*, que faz parte do costume.

Vós haveis visto E...? Em que pé está a confecção definitiva de *Gwendoline*?...

Vou escrever ao bom K... Sabeis vós se ele tornou a ver G...? Cair-me-ia como uma luva fazer rapidamente, aqui, três atos de qualquer coisa; respondam-me também sobre esse assunto. Se G... ainda não tem a partitura de *L'Étoile*[14], por que vós mesmos não a levai para ele, de braços dados com K...? Que dizeis vós sobre isso?

Nossos melhores e mais afetuosos cumprimentos a essas damas, e a vós bem cordialmente, meus bons amigos.

EMMANUEL

---

12. Piano fabricado pela Aucher Frères, indústria parisiense criada pelos irmãos Louis e Jules Aucher.
13. Chabrier refere-se a *O anel dos Nibelungos*, conjunto formado por quatro óperas de Richard Wagner: "O ouro do Reno", "A Valquíria", "Siegfried" e "O crepúsculo dos deuses".
14. Opereta em três atos, com música de Chabrier e libreto de Eugène Leterrier e Albert Vanloo.

Carta aos Srs. Énoch e Costallat (III)

Sevilha, 21 de outubro (sábado) de 1882.

Pois bem, meus filhos! Nós temos visto alguns traseiros andaluzes se contorcerem como serpentes em júbilo! Nós não nos mexemos mais nas noites dos *bailos flamencos*, cercados, os dois, de *toreros* em traje a rigor, com o chapéu de feltro negro dividido ao meio, as roupas apertadas acima da cintura e as calças colantes desenhando as pernas nervosas e duas nádegas do mais belo contorno. E as *gitanas* cantando as suas *malagueñas* ou dançando o *tango*, e o *manzanilla*[15] que é passado de mão em mão e que todo mundo é forçado a beber. Esses olhos, essas flores em admiráveis cabeleiras, esses chales atados ao corpo, esses pés que batem em um ritmo infinitamente variado, esses braços que correm agitados ao longo de um corpo sempre em movimento, essas ondulações de mão, esses sorrisos radiantes e este admirável traseiro sevilhano que se volta em todos os sentidos enquanto o resto do corpo permanece imóvel – e tudo isso aos gritos de *olle, olle, anda la Maria! anda la Chiquita! Eso és! Baile la Carmen, anda! anda!* –, vociferados pelas outras mulheres e pelo público! No entanto, os dois guitarristas sérios, com o cigarro nos lábios, continuam a arranhar qualquer coisa em três tempos (só o *tango* é em dois tempos). Os gritos das mulheres excitam a dançarina que, para o final da sua apresentação, fica literalmente com o diabo no corpo. É inusitado! Ontem à noite, dois pintores nos acompanharam e fizeram alguns esboços, e eu tinha o meu papel pautado à mão; nós tínhamos todas as dançarinas ao nosso redor; as cantoras me repetiam os seus cantos e depois se retiravam, apertando fortemente a mão de Alice e a minha!!! Depois, era preciso beber

---

15. Tipo de vinho fabricado na região da Andaluzia.

no mesmo copo... Ah, até que era limpinho! Enfim, isso não fez com que nós nos sentíssemos mal esta manhã! – Porém, a verdade é que eu não consigo ver de maneira alguma Madame E... nessa situação! E nós vamos levar essa vida durante um mês, até Barcelona, passando por Málaga, Cadiz, Granada e Valência!!! – Ah, meus pobres nervos! Enfim, é necessário ver bem alguma coisa antes de bater palmas – mas, meus amigos, realmente não viu nada quem não assistiu ao espetáculo de duas ou três andaluzas *ondulando* as nádegas, e no *compasso* também, igualmente no compasso de *anda! anda! anda!* e o eterno estalar das mãos: elas batem com um instinto maravilhoso o 3/4 sincopado, enquanto a guitarra segue pacificamente o seu ritmo.

Como outras batem o tempo *f* de cada compasso, cada uma batendo um pouco segundo o seu capricho, trata-se de um amálgama de ritmos dos mais curiosos – de resto, eu anoto tudo isso. Mas que emprego, meus filhos! Correr as catedrais (algumas esplendorosas), ver os museus, perder-se pelas ruas, visitar tudo, comer às pressas e se deitar à meia-noite – existem alguns momentos que nós ficamos imbecilizados! Por uma coisinha de nada, nós subimos nessa sagrada Giralda[16], do alto da qual se tem o mais belo panorama deste mundo; eu conheço o nome e o som de todos os campanários, porque o jovem sineiro é meu amigo; suas irmãs dançam à noite em um baile e durante o dia mostram a catedral. Assim são as coisas.

Os mendigos enchem as ruas e vos pedem com o cigarro na boca e maneiras cheias de majestade; eles não dizem obrigado – ao que parece, quem dá é que deveria lhes agradecer. E, por toda a noite, o *sereno*[17] percorre as ruas, com sua lança e sua lanterna, cantando com uma voz forte: Ave Maria puríssima etc.; isso significa que a cidade está tranquila,

---

16. Minarete construído em Sevilha pelos muçulmanos, no final do século XII. Com setenta e seis metros de altura, ele foi reformado pelos cristãos, que lhe acrescentaram um campanário.
17. O mesmo que "guarda-noturno".

que se pode dormir. Existe mesmo uma dança intitulada *El sereno*; enquanto a dançarina imita o dito *sereno* e canta a plenos pulmões: *Ave Maria purissima*, ela retorce o traseiro. – Os teatros são detestáveis; o mundo chique não vai aos bailes; quando ele quer assistir a esse espetáculo, as dançarinas vão a domicílio. Escrever-vos-ei dentro de oito dias. Estão nos chamando para o almoço. Nós abraçamos a vós quatro.

EMMANUEL

E Lacôme e sua mulher, como vão? Eu penso o tempo todo no meu velho Lacôme.

Jules Massenet (1842-1912)

A admissão no conservatório[1]

Mesmo que eu vivesse mil anos – o que não está nas coisas prováveis – a data fatídica de 24 de fevereiro de 1848 (eu ia fazer seis anos) não poderia sair da minha memória, não tanto porque ela coincida com a queda da Monarquia de Julho[2], mas porque ela assinala os meus primeiríssimos passos na carreira musical, essa carreira para a qual eu ainda duvido ter sido destinado, pelo tão grande amor que conservei pelas ciências exatas!...

Eu morava então com meus pais, na rua de Beaune, em um apartamento que dava para grandes jardins. O dia se havia anunciado muito belo; ele foi, sobretudo, especialmente frio.

Nós estávamos na hora do almoço, quando a criada que nos servia entrou como uma possessa no aposento no qual nos encontrávamos reunidos. *Às armas, cidadãos!*... urrou ela, atirando – bem mais do que arrumando – os pratos sobre a mesa.

Eu era muito jovem para poder me dar conta do que se passava na rua. Aquilo de que me lembro é que os amotinados a tinham invadido e que a Revolução se desenrolava, quebrando o trono do mais bondoso dos reis.

---

1. Jules Massenet, *Mes souvenirs (1848-1912)*. Paris, Pierre Lafitte, 1912 (capítulo I, p. 13-20).
2. A Monarquia de Julho, cujo rei foi Luís Felipe de Orleans, teve início em 1830. Ela foi substituída pela Segunda República, presidida por Luís Napoleão Bonaparte, o futuro Napoleão III.

Os sentimentos que agitavam meu pai eram totalmente diferentes daqueles que perturbavam a alma inquieta de minha mãe. Meu pai tinha sido oficial superior no governo de Napoleão I e amigo do marechal Soult, duque da Dalmácia. Ele estava totalmente do lado do imperador, e a atmosfera agitada das batalhas convinha ao seu temperamento. Quanto à minha mãe, as tristezas da primeira grande revolução, aquela que havia arrancado do seu trono Luís XVI e Maria Antonieta, deixavam vibrar nela o culto aos Bourbon.

A lembrança desse almoço agitado ficou ainda mais bem gravada no meu espírito porque foi na manhã desse mesmo dia histórico que, à luz dos lampiões (as velas só existiam para as famílias ricas), minha mãe pôs pela primeira vez os meus dedos no piano.

Para me iniciar melhor no conhecimento desse instrumento, minha mãe, que foi minha educadora musical, havia estendido, ao longo do teclado, uma tira de papel na qual ela inscrevera as notas que correspondiam a cada uma das teclas brancas e pretas, com sua posição sobre as cinco linhas. Era muito engenhoso, não havia meio de se enganar.

Meus progressos no piano foram bastante perceptíveis para que, três anos mais tarde, em outubro de 1851, meus pais acreditassem que deviam fazer com que eu me inscrevesse no conservatório para ser submetido ao exame de admissão nas aulas de piano.

Em uma manhã desse mesmo mês, nós nos dirigimos, portanto, para a rua do Faubourg-Poissonnière. Era lá que ficava – e ali permaneceu por muito tempo, antes de emigrar para a rua de Madrid – o Conservatório Nacional de Música. A grande sala onde nós entramos, como em geral eram todas as salas do estabelecimento de então, tinha suas paredes pintadas em um tom cinza-azulado, grosseiramente pontilhadas de preto. Algumas banquetas velhas constituíam o único mobiliário dessa antecâmara.

Um alto funcionário, o sr. Ferrière, de aspecto rude e severo, veio fazer a chamada dos postulantes, proferindo seus nomes no meio da multidão de parentes e amigos emocionados que os acompanhavam.

Parecia um pouco com a chamada dos condenados. Ele dava a cada um o número de ordem com o qual devia se apresentar diante do júri. Este último já estava reunido na sala de sessões.

Essa sala, destinada aos exames, representava uma espécie de pequeno teatro, com uma fileira de camarotes e uma galeria circular. Ela era concebida no estilo do Consulado. Jamais penetrei nela, confesso, sem me sentir tomado de uma certa emoção. Eu sempre acreditava ver sentados, em um camarote fronteiro, na primeira classe, como em um buraco negro, o primeiro-cônsul Bonaparte e a doce companheira dos seus anos de juventude, Josefina; ele, com o rosto energicamente belo; ela, com o olhar terno e benevolente, sorrindo e encorajando os alunos nos primeiros ensaios aos quais ambos vinham assistir. A nobre e boa Josefina parecia querer, pelas suas visitas a esse santuário consagrado à arte, e arrastando para elas aquele que estava preocupado com tantos outros cuidados sérios, suavizar seus pensamentos, torná-los menos bravios pelo seu contato com essa juventude que, forçosamente, não escaparia um dia dos horrores das guerras.

Foi ainda nessa mesma salinha – não confundir com aquela bem conhecida pelo nome de Sala da Sociedade dos Concertos do Conservatório – que, desde Sarette, o primeiro diretor, até esses últimos tempos, foram aplicados os exames de todas as aulas que eram ministradas no estabelecimento, inclusive as de tragédia e de comédia. Do mesmo modo, várias vezes por semana eram realizadas ali as aulas de órgão, porque lá havia um grande órgão de dois teclados, ao fundo, oculto por uma grande cortina. Ao lado desse velho instrumento, gasto, de sonoridades guinchantes, encontrava-se a porta fatal pela qual os alunos penetravam no tablado que constituía o pequeno palco. Foi nessa sala também que, durante muitos anos, ocorreu a sessão preparatória de julgamento para os prêmios de composição musical, chamados de "prêmios de Roma".

Volto à manhã do dia 9 de outubro de 1851. Quando todos os jovens foram informados da ordem na qual eles teriam de ser submetidos ao exame, nós fomos para um aposento vizinho que se comunicava com a porta que eu chamei de fatal, e que não passava de uma espécie de sótão poeirento e depauperado.

O júri, do qual íamos encarar o veredicto, era composto por Halévy, por Carafa[3], por Ambroise Thomas[4], por diversos professores da Escola e pelo presidente, diretor do conservatório, sr. Auber[5] – porque nós só raramente dizíamos "Auber", sem mais nada, falando do mestre francês, o mais célebre e o mais fecundo de todos aqueles que fizeram, então, o renome da ópera e da ópera-cômica.

O sr. Auber tinha, então, sessenta e cinco anos. Ele estava cercado pela veneração de cada um, e todos no conservatório o adoravam. Revejo sempre seus admiráveis olhos negros, cheios de uma chama única e que permaneceram os mesmos até sua morte, em maio de 1871.

Em maio de 1871!... Estávamos então em plena insurreição, quase nas últimas convulsões da Comuna... e o sr. Auber, fiel, apesar de tudo, ao seu amado bulevar, perto da travessa da Ópera – seu passeio favorito –, encontrando um amigo, que tanto se desesperava com os dias terríveis que se atravessavam, disse-lhe, com uma indefinível expressão de lassidão: "Ah, eu vivi muito!" – depois, ele acrescentou, com um leve sorriso: "Nunca é preciso abusar de nada".

Em 1851 – época em que eu conheci o sr. Auber –, nosso diretor já morava há muito tempo na sua velha mansão da rua Saint-Georges, onde eu me lembro de ter sido recebido, às sete horas da manhã – quando acabava o trabalho do mestre! –, e onde ele dava toda a atenção para as visitas que ele acolhia com tanta simplicidade.

---

3. Michele Enrico Carafa (1787-1872), compositor italiano nascido em Nápoles. Autor de óperas como *Masaniello*, *O solitário* e *A bela adormecida*.
4. Charles Louis Ambroise Thomas (1811-1896), compositor francês nascido em Metz. A mais célebre das suas óperas é *Mignon*.
5. Daniel-François-Esprit Auber (1782-1871), compositor francês nascido em Caen. Dentre as suas muitas obras, destacam-se *O dominó negro*, *Fra Diavolo* e *Os diamantes da coroa*.

Depois, ele ia para o conservatório em um tílburi, que habitualmente ele próprio guiava. Sua notoriedade era universal. Olhando para ele, lembrávamo-nos logo da ópera *A muda de Portici*, que teve uma fortuna especial e que foi o sucesso mais retumbante antes da aparição de *Roberto o Diabo*[6] na Ópera. Falar de *A muda de Portici* é forçosamente se recordar do efeito mágico que produziu o dueto do segundo ato: "Amor sagrado da pátria...", no Teatro de la Monnaie, em Bruxelas, sobre os patriotas que assistiam à representação. Ele deu, com toda a certeza, o sinal para a revolução que eclodiu na Bélgica, em 1830, e que devia levar à independência dos nossos vizinhos do Norte[7]. Toda a sala, em delírio, cantou com os artistas essa frase heroica, que repetiam sempre e sempre, sem se cansar.

Qual é o maestro que pode se vangloriar de contar, em sua carreira, com tal sucesso?

Quando chamaram o meu nome, eu me apresentei completamente trêmulo sobre o tablado. Eu tinha apenas nove anos e devia executar o final da *Sonata* de Beethoven, op. 29. Quanta ambição!!!...

Assim como é habitual, fui interrompido depois de ter tocado duas ou três páginas e, todo embaraçado, ouvi a voz do sr. Auber, que me chamava diante do júri.

Havia, para descer do estrado, quatro ou cinco degraus. Como que tomado pelo atordoamento, eu não tinha inicialmente prestado atenção nisso e ia despencar quando o sr. Auber, obsequiosamente, me disse: "Tome cuidado, meu pequeno, você vai cair". Logo depois, ele me perguntou onde eu tinha feito tão excelentes estudos. Depois de ter lhe respondido, não sem orgulho, que meu único professor tinha sido minha mãe, saí todo sobressaltado, quase correndo e muito feliz... *ELE* tinha falado comigo!...

---

6. Ópera de Jakob Meyerbeer, com libreto de Eugène Scribe, encenada em 1831.
7. Com o fim do domínio holandês.

No dia seguinte, minha mãe recebia a carta oficial. Eu era aluno do conservatório!...

Naquela época havia, nessa grande escola, dois professores de piano. As classes preparatórias ainda não existiam. Esses dois mestres eram os srs. Marmontel e Laurent. Fui designado para a classe deste último. Ali fiquei dois anos, embora tenha continuado os meus estudos clássicos no colégio e tomado parte igualmente nos cursos de solfejo do excelente sr. Savard.

Meu professor, o sr. Laurent, tinha recebido o primeiro prêmio de piano nos tempos de Luís XVIII; ele havia se tornado oficial de cavalaria, mas tinha deixado o exército para entrar como professor no conservatório real de música. Ele era a bondade em pessoa, realizando, se é possível dizê-lo, o ideal dessa qualidade no sentido mais absoluto da palavra. O sr. Laurent havia depositado em mim a sua mais completa confiança.

Quanto ao sr. Savard, pai de um dos meus antigos alunos, grande prêmio de Roma e atualmente diretor do Conservatório de Lyon (diretor de conservatório! Quantos eu posso contar, dos meus antigos alunos, que o foram ou que ainda o são?); quanto ao sr. Savard pai, ele era o mais extraordinário dos eruditos.

Seu coração estava à altura do seu saber. Gosto de lembrar que, quando eu quis trabalhar o contraponto, antes de entrar para a classe de fuga e de composição (da qual o professor era Ambroise Thomas), o sr. Savard quis deixar que eu recebesse dele algumas lições, que eu ia tomar em seu domicílio. Todas as tardes, eu saía de Montmartre, onde morava, para ir ao número 13 da rua de la Vieille-Estrapade, atrás do Panteão.

Que maravilhosas lições eu recebi desse homem, tão bom e tão sábio ao mesmo tempo! Assim, com que coragem eu ia a pé, pelo longo caminho que me era necessário seguir, até o pavilhão onde ele morava e de onde eu voltava, a cada noite, por volta das dez horas, totalmente impregnado dos admiráveis e doutos conselhos que ele me tinha dado!

Eu fazia o caminho a pé, como já disse. Se eu não tomava o imperial[8], ou pelo menos um ônibus, era para economizar, tostão por tostão, o preço das lições que eu teria de pagar. Era bem necessário que eu seguisse esse método; a grande sombra de Descartes me teria felicitado por isso!

Mas vejam a delicadeza desse homem de coração benfazejo. Chegado o dia de lhe pagar aquilo que eu lhe devia, o sr. Savard anunciou-me que tinha um trabalho para me confiar: o de transcrever para a orquestra sinfônica o acompanhamento para a música militar da missa de Adolphe Adam[9] – e ele acrescentou que essa tarefa me renderia trezentos francos!...

Quem não adivinha? Quanto a mim, eu só soube mais tarde que o sr. Savard tinha imaginado esse meio de não reclamar o meu dinheiro, fazendo que eu acreditasse que esses trezentos francos representavam o preço das suas lições, que eles o compensavam – para me servir de um termo muito em voga naquele momento.

A esse mestre, de alma encantadora, admirável, meu coração ainda diz: muito obrigado, mesmo depois de tantos anos que ele já não está mais entre nós!

Pensamentos póstumos[10]

Eu tinha abandonado este planeta, deixando os meus pobres terrestres em suas ocupações tão múltiplas quanto inúteis; enfim, eu vivia

---

8. Nome dado a um tipo de transporte coletivo utilizado em Paris, cujo funcionamento teve início em 1855.
9. Compositor francês nascido em Paris (1803-1856).
10. Jules Massenet, *Mes souvenirs (1848-1912)*. Paris, Pierre Lafitte, 1912 (capítulo XXIX, p. 289-291).

no esplendor cintilante das estrelas, cada uma das quais me parecia, então, grande como milhões de sóis! Outrora, eu jamais havia podido obter essa iluminação para os meus cenários, nesse grande teatro da ópera, cujos fundos permanecem quase sempre escuros. Doravante, nada mais me restava do que responder às cartas; eu tinha dito adeus às estreias, às discussões literárias e a outras que delas decorriam.

Aqui, nada de jornais, nada de banquetes, nada de noites agitadas!

Ah, se eu pudesse dar aos meus amigos o conselho de irem me encontrar lá onde estou, eu não hesitaria em chamá-los para perto de mim! Mas será que eles gostariam?

Antes de ir para a distante morada que habito, eu tinha escrito as minhas últimas vontades (um marido infeliz tinha aproveitado essa oportunidade testamentária para escrever com alegria estas palavras: *Minhas primeiras vontades*).

Eu tinha sobretudo indicado que gostaria de ser sepultado em Égreville, perto da residência familiar na qual eu tinha vivido por tanto tempo. Oh, o bom cemitério! Em campo aberto, em um silêncio que convém àqueles que o habitam.

Eu tinha pedido que evitassem colocar na minha porta esses reposteiros negros, ornamentos usados pela clientela. Eu tinha desejado que um veículo comum me fizesse deixar Paris. Essa viagem, com o meu consentimento, deveria ser às oito horas da manhã.

Um jornal vespertino (talvez dois) acreditou que devia informar os seus leitores sobre o meu óbito. Alguns amigos – eu ainda tinha alguns na véspera – foram saber, na casa do meu senhorio, se o fato era exato, e ele respondeu: "Infelizmente! O cavalheiro nos abandonou sem deixar o seu endereço". E sua resposta era verdadeira, já que ele não sabia para onde essa obsequiosa viatura me carregava.

Na hora do almoço, alguns conhecidos me homenagearam, entre eles, com as suas condolências; e até mesmo no decorrer do dia, aqui e ali, nos teatros, falou-se da aventura:

– Agora que ele morreu, não será mais tocado, não é?

– Você sabe que ele ainda deixou uma obra? Ele não terminará, portanto, de nos torturar!

– Ah! Na verdade, eu gostava muito dele! Sempre admirei suas obras!

E era uma bela voz de mulher que dizia isso.

No escritório do meu editor, choravam, porque ali me amavam tanto!

Em minha casa, na rua du Vaugirard, minha mulher, minha filha, meus netos e meus bisnetos estavam reunidos, e, em soluços, quase encontravam um consolo.

A família devia chegar a Égreville naquela mesma noite, véspera do enterro.

E minha alma (a alma sobrevive ao corpo) ouvia todos esses ruídos da cidade deixada. À medida que a viatura me afastava dela, as palavras, os ruídos se dissipavam, e eu sabia, tendo mandado construir há muito tempo a minha pequena tumba, que a pesada pedra, uma vez selada, seria, algumas horas mais tarde, a porta do esquecimento!

Gabriel Fauré (1845-1924)

Prefácio[1]

Eis um livro que apresenta, com a mais clara e a mais persuasiva eloquência, e apoiando-se em numerosos documentos, seguros e precisos, um novo plano de descentralização musical cuja realização satisfaria os desejos não somente daqueles dentre os nossos músicos que escalam a encosta, mas também daqueles que, chegados ao topo, se lembram das asperezas do caminho. E esse livro é a tal ponto completo, tantos problemas nele são elucidados e tantas sutilezas são nele reduzidas a uma justa precisão, que eu me acho na impossibilidade de acrescentar o que quer que seja que ele já não contenha. Quando muito, observarei que o projeto solicitado com uma tão generosa teimosia pelo sr. Henri Auriol[2] e seus amigos do parlamento me parece interessar muito particularmente, quando não exclusivamente ao teatro.

Será que poderíamos nos esquecer de que o gosto pela música se desenvolveu extraordinariamente entre nós nos últimos sessenta anos? Que ele se apurou, enobrecido graças aos concertos populares? Os

---

1. Este prefácio foi escrito para o livro de Henri Auriol, *Décentralisation musicale* (Paris, Eugène Figuière et Cie., 1912).
2. Henri Auriol (1880-1959), político francês. Foi deputado entre 1906-1914 e 1919-1936 representando a região da Haute-Garonne, além de exercer o cargo de conselheiro-geral.

programas de Pasdeloup[3], de Colone e de Lamoureux em Paris e de seus êmulos na província não terão sido os grandes iniciadores, os grandes educadores das multidões? E seria possível dizer a mesma coisa dos nossos teatros líricos? Certamente, as obras-primas antigas e modernas são neles valorizadas; porém, para cada obra superior, quantas medíocres, francesas ou estrangeiras (sobretudo estrangeiras), e cuja influência debilitante destrói, por um lado, aquilo que do outro lado nos tinham feito ganhar os concertos?

Parece-me, portanto, de toda a justiça e de toda a utilidade encorajar amplamente as sociedades sinfônicas existentes (as de Angers, de Nancy, de Bordeaux, de Toulouse, de Lille e de Marselha são muito notáveis) e auxiliar na criação de agrupamentos da mesma natureza em toda parte onde isso for possível.

Quanto ao *regionalismo*, tal como o definem os regionalistas: "a constituição de vastas regiões dotadas de centros e apresentando uma vida própria", que me seja permitido confessar que eu não creio nisso, tanto quanto não creio na utilidade e na possibilidade dos retornos para o passado. Há mais de um século, nossa maneira de pensar e de sentir incontestavelmente se unificou; na literatura francesa, assim como na arte francesa, as influências da raça, do meio e do clima são cada vez menos aparentes, e as qualidades que caracterizam tão vivamente as produções de nosso espírito e nos distinguem dos outros povos resultam de um esforço comum que correria o risco de enfraquecer se fosse dividido. Em todos os casos, se alguma coisa devia impedir o perecimento daquilo que pode permanecer em nós de "regional", seria precisamente a descentralização artística. Será possível perceber isso pelo exemplo que se segue: tive diante dos olhos uma obra musical muito interessante

---

3. Jules de Pasdeloup (1819-1887) fundou sua orquestra em 1861, considerada uma das mais antigas ainda em atividade.

de um jovem compositor loreno, Louis Thirion[4]. O sr. Thirion nasceu em Baccarat e mora em Nancy, de onde jamais saiu. No que teriam se transformado as suas incontestáveis disposições musicais, no que teria se transformado aquilo que a sua alma lorena contém, sem dúvida, de poesia e de sensibilidade "regional" se, há quinze ou dezesseis anos, um compositor de grande talento, e já conhecido em Paris, não tivesse feito um ato de descentralização artística – e de abnegação – aceitando a direção do Conservatório de Nancy e a direção dos concertos populares que resultam dessa escola? É fácil medir a influência que iria ter dali por diante, sobre o destino de Louis Thirion, o conhecimento das obras--primas sinfônicas que lhe revelavam a cada domingo os concertos, e medir a extensão dos horizontes que deviam abrir para ele os ensinamentos de um mestre tal como Guy Ropartz[5] – que tinha, ele próprio, tido como mestre César Franck. E isso é um exemplo entre mil, e um exemplo simplesmente individual dos serviços que podemos esperar da obra de descentralização artística.

Uma última palavra, que trará para o meu lado, espero, os regionalistas e que diz respeito à colaboração que determinadas municipalidades poderiam reclamar dos alunos do Conservatório de Paris aos quais elas concedem alguns subsídios durante o decorrer de seus estudos. Sabemos que, para aquilo que concerne aos cantores e aos atores, os ganhadores dos primeiros prêmios devem ficar à disposição dos teatros nacionais. Porém, por que essas municipalidades, em troca dos sacrifícios consentidos, não exigiriam dos laureados que não fossem contratados nem pela *Ópera*, nem pela *Ópera-Cômica*, nem pelo *Théâtre-Français*, nem pelo *Odéon* com o compromisso de pertencerem ao teatro da sua cidade durante uma ou duas temporadas?

---

4. Louis Thirion (1879-1966), músico e compositor francês, foi professor de órgão e de piano no Conservatório de Nancy.
5. Joseph-Guy Ropartz (1864-1955), compositor, maestro e poeta francês nascido em Guingamp.

Certamente, os palcos de província exigem da parte dos artistas um esforço sério e constante; mas esse esforço não seria amplamente compensado por uma experiência e por uma autoridade mais rapidamente adquiridas? Eu apresento a questão; cabe a outros o cuidado de resolvê-la.

Carta para uma noiva[6]

Sexta-feira.

Querida Marianne,

Acabo de dirigir ao vosso retrato, enquadrado em uma bela moldura e posto diante de mim, mil ternos agradecimentos pelo vosso *número 2* e pelo gentil nome que vós me dais. Vossas cartas me causam uma emoção e uma alegria que eu gostaria de sentir todos os dias e que vós podeis me proporcionar sem temor de atrapalhar o meu regime. A felicidade é mais do que a metade da saúde.

Espero que as minhas cartas terminem por chegar até vós e que elas vos cheguem regularmente. Eu não tentarei desculpar nem a mediocridade nem a uniformidade delas. Quando vejo que vós fazeis algumas reservas com relação ao vosso estilo, volto-me para mim mesmo e sinto a vergonha me invadir. Não ousaria mais vos escrever se não tivesse a confiança de que vós não vereis em minhas cartas senão a manifestação desajeitada mas muito sincera da minha fervorosa afeição.

---

6. Carta escrita por Gabriel Fauré à sua noiva, Marianne Viardot, entre agosto e setembro de 1877, durante um período de repouso na estância hidromineral de Cauterets, onde o compositor tratava de problemas na garganta e nas cordas vocais. *Lettres à une fiancée*, publicadas por Camille Bellaigue (*Revue des Deux Mondes*, tomo XLVI, 1928, p. 918-921).

Como despertar o vosso interesse pela vida monótona que se leva aqui? Se eu pudesse vos fazer assistir à alegre partida daqueles que se vão, vós teríeis uma ideia da melancolia daqueles que ficam; e também nem todos aqueles que ficam estão noivos!

Vou tentar, no entanto, vos dizer como eu tento vencer as horas uma a uma.

Às sete horas, eu estou na fila dos estropiados que sobem para a Raillère, fonte que dista três quilômetros seguindo uma ladeira das mais íngremes. Chegando lá, eu me resfrio, porque a subida é abrupta e o ar muito puro. Eu bebo um *meio-copo* d'água e banho minha garganta com um copo cheio, muito orgulhoso de ainda não ter de realizar a operação pouco poética de gargarejar em público, desagradável música à qual homens e mulheres se entregam com a face voltada para o céu, que deveria desabar de desgosto.

Depois da Raillère, vou beber em Mauhourat dois copos de água com intervalos de quinze minutos, nem um a mais nem um a menos. Será que eu não deveria ter ficado na rua Mosnier, em cima do dr. Pierre, na minha cozinha onde eu tinha água à vontade? É verdadeiramente vergonhoso estar aqui para se ocupar apenas do seu futuro cadáver. – Que seja feita a vossa vontade! – Prossigo: depois de Mauhourat, empoleirada ainda mais alto do que a Raillère, deixamo-nos deslizar para Cauterets, onde os garfos enchem a cidade com o seu ruído, de dez e meia ao meio-dia. Na hora das refeições, faz-se um prodigioso vazio nas ruas. Cauterets torna-se Herculanum[7]. Porém, se as ruas se esvaziam, os pobres doentes se enchem; o apetite que ocasiona esta primeira saída é espantoso. À uma hora, a cada três dias, tem-se de ir ver o médico. Isso não é necessário para o doente, mas é necessário para o médico – que apresenta a sua conta no final do tratamento. Essa longa espera devora duas horas, nas quais passamos a olhar os retratos de família do doutor.

---

7. Cidade que, como Pompeia, foi soterrada pela erupção do Vesúvio, no ano 79.

Nos dias de liberdade, toma-se um cavalo ou um carro ou um cajado e perambula-se pelas vizinhanças até as quatro horas. Então, recomeça a série dos copos d'água, dos gargarejos, das duchas e dos banhos, até a hora em que os garfos retomam a palavra. À noite, os mundanos vão ao cassino ou ao teatro, porque temos ambos aqui; não posso vos dar as menores informações sobre esses lugares de recreação.

Meus dois companheiros e eu passeamos até as oito e meia pelo único caminho horizontal da cidade. Nessas noites, com o luar, o aspecto das montanhas é encantador. Meus amigos afirmam isso. Quanto a mim, eu olho para além, muito para além! Será necessário vos dizer para onde? Meus dois companheiros de mesa são de uma grande discrição. Depois que lhes entreguei a minha quadra ou a minha copla, eles me isentam da minha colaboração e me deixam partir para o reino das estrelas. Enfim, chega a hora em que eu clamo por vós, que eu guardo para o fim, porque é a única agradável – assim como aquela na qual o empregado do correio me estende uma de vossas cartas. Ele começa a me conhecer e creio que a minha tristeza dos primeiros dias terminou por arrancar-lhe algumas lágrimas. Ele me dizia, quando não tinha nada para me entregar: "Será para amanhã", e isso com evidentes preocupações.

Eis aí como eu acabo por torcer o pescoço dos dias que se defendem. São longos, esses monstros! Alguma coisa que se defende bem, também, é o meu piano. Ele é, como aquele do qual vós me falais, da natureza desses instrumentos criados e postos no mundo para tocar somente a fantasia sobre o *Trovador*[8]. Eu tentei: com a fantasia, todas as notas faziam um consciencioso esforço para falar; com outra coisa, debandada completa! Dir-se-ia que elas tiram a sorte para saber quais afundarão para não mais se levantar.

---

8. *Il trovatore*, ópera de Giuseppe Verdi.

Que pena que o uso do telefone ainda não esteja vulgarizado[9]! Eu poderia escutar aqui uma melodia que vós cantaríeis em Luc-sur-Mer, e vos clamar *muito obrigado* e *bravo* pelo retorno instantâneo do mesmo correio. Eu morro da sede de vos ouvir! Eu morro da fome de vos ver! Vós dormis melhor? Vossa carta acusa, ainda hoje, algumas noites insuficientes. Vós tendes razão se fizerdes exata e unicamente aquilo que vós quiserdes: aquele que vós chamais ironicamente de vosso futuro *dono e senhor* vos aprova com a maior boa vontade. Acreditais verdadeiramente que eu desejaria ser um dono? Puf, puf, puf, como vós mesma tão bem dizeis. Eu serei o vosso *filho mais velho*, incessantemente preocupado em vos cercar de ternura, de solicitude e de devotamento, não tirando os meus olhos dos vossos olhos para tentar ler neles e antecipar os vossos desejos. Que sonho para mim! Será que vós quereis que ele se realize? Será que vós tereis confiança no futuro e que vós o considerareis com segurança? Eis aí onde toda a minha retórica se desencaminha. Eu não sei vos dizer suficientemente o quanto eu vos amo e como eu compreendo que vós deveis ser amada. Logo – eu espero –, meus atos tomarão o lugar das palavras. Adeus, minha muito amada noiva, até amanhã. Vós me recomendais ser *prudente*? Qual o meio de não sê-lo a essa distância?

---

9. A invenção do telefone datava do ano anterior, 1876.

Claude Debussy (1862-1918)

Concertos Colonne[1]

Novembro de 1912

> *...As vozes pareciam formar todas o mesmo canto,
> tão perfeita era a sua consonância.*
> Dante Alighieri

Parece que a música francesa sofre uma crise e que as velhas querelas vão enfim se reanimar.

Sinceramente, isso é desejável porque, se a característica da nossa época está na máxima liberdade, sua aceitação de todas as espécies de fórmulas, sem discussão, assinala uma apatia e uma indiferença quase indelicadas pela arte. Agrupar esses espíritos-cata-ventos, sempre disponíveis, sempre dispostos a girar ao sabor dos ventos de uma estética qualquer, é suficiente para ocupar a opinião pública. Adotar, sem fraquejar, uma atitude notória tampouco é ruim. Sobretudo, jamais temer

---

1. Série de críticas musicais publicadas na *Revue Musicale S. I. M. – Bulletin de la Société Française des Amis de la Musique*. A *Associação Artística dos Concertos Colonne*, fundada em 1873 pelo maestro Édouard Colonne (1838-1910), é uma orquestra francesa (que ainda está em atividade) destinada a difundir, através de concertos populares, a obra dos compositores contemporâneos (entre os quais, o próprio Debussy). Esses concertos ocorriam no Teatro do Châtelet.

o ridículo nem uma extrema lentidão nos desenvolvimentos... Quando, ao fim de uma centena de compassos, não se sabe mais exatamente aquilo que está em questão, o público, ou aqueles que o conduzem, está bem pronto a proclamar alguém um gênio. Nós temos, notadamente, alguns mestres que são muito hábeis em lançar a confusão nos cérebros por meio de períodos durante os quais a orquestra se desinteressa absolutamente pelos ouvintes. E isso a um tal ponto que, apesar da boa precaução de proibir que o público saia durante a execução dos trechos, ele iria embora com medo de estar sendo indiscreto. No entanto, uma fórmula heroica e banal vem desculpar o caos desértico que a precedeu. Aplaude-se tanto para sacudir o torpor da atmosfera quanto para agradecer o autor por nos deixar sair.

Alguns continuam a respeitar cegamente os ancestrais, assemelhando-se nisso aos chineses, para os quais Confúcio, de uma vez por todas, regulamentou a moral em fórmulas acessíveis.

Outros colocam etiquetas novas em coisas tão velhas quanto o mundo. Eles reencontram, desprovidos da engenhosidade instintiva, os indícios gravados da era neolítica, os sons de um javanismo[2] na infância. Isso não é nem muito novo nem muito inquietante. Henri Poincaré[3], cuja superioridade garante a idoneidade, proclamava, há alguns anos, em *Ciência e Método*, a utilidade essencial dos espíritos de vanguarda, que a multidão considera como loucos.

Com efeito, a forma pode ser malfeita, desajeitada, mas conter o embrião da ideia da qual, muito mais tarde, um outro extrairá a beleza.

É necessário balbuciar antes de falar, o que é esquecido voluntariamente pela nossa época de "arrivismo" desenfreado, em que se acumulam obras que não respondem senão a essa necessidade de satisfazer uma moda, forçosamente precária. E muitos "arrivistas" nunca chegaram

---

2. Referente aos elementos mais originais da cultura da ilha de Java, na Indonésia.
3. Henri Poincaré (1854-1912), físico e filósofo, era considerado o maior nome da ciência francesa do início do século XX.

nem mesmo a começar! Quando é que decidirão destruir a opinião, muito corrente, de que ser artista é tão fácil quanto ser dentista? Quando é que cessarão de multiplicar alguns meios de divulgação tão perigosos quanto inúteis! Beethoven, no qual se apoiam tantos professores de energia, deve ter desencorajado não poucos jovens; ele sabia muito bem que a arte é um sacrifício. Hoje em dia, apresentam-no como exemplo em sua glória indestrutível! Isso não é muito esperto, e é trapacear no jogo das possibilidades.

O mistério comovente das velhas florestas não será feito de sacrifício e de morte? Quantas arvorezinhas foram esmagadas pelas passadas indiferentes das bestas, sacrificadas ao glorioso desabrochar dos grandes carvalhos que, século após século, têm o dever de assegurar a sua beleza! Será que não estará aí um exemplo mais proveitoso, como que uma correspondência trágica com esse duro "último retoque" que o tempo inflige à obra dos homens?

Sem pedir aos homens sacrifícios tão categóricos, tratemos, pelo menos, de achar aí uma lição. Não desviemos das "Luvas e Gravatas" tantas encantadoras boas vontades. Tratemos de livrar a música não daqueles que devem verdadeiramente amá-la, mas daqueles que tiram proveito dela usurpando o belo nome de artistas!

Apesar da pouca esperança de que tudo isso aconteça, é necessário desejá-lo ardentemente. Assim, cessariam os mal-entendidos e as discordâncias sobre aquilo que quer dizer a música.

Do respeito na arte[4]

A crítica musical tem às vezes maneiras singulares de compreender o respeito que é devido à música.

---

4. Publicado em dezembro de 1912.

A propósito de uma sinfonia do sr. Théodore Dubois[5], que o público das "galerias" tomou a liberdade de maltratar, ela trata esse pobre público severamente, chegando até a acusá-lo de se comportar mal. É evidente que seria preferível que ele não se manifestasse. O silêncio será sempre, em semelhantes casos, a mais forte das críticas. No entanto, não seria necessário entender-se e saber se a situação oficial do sr. Théodore Dubois recomenda absolutamente o respeito? Ele escreveu um tratado de harmonia muito distinto e dirigiu de maneira excelente o conservatório de música. Sua obra lírica é pouco executada, mas também não se executa mais de maneira alguma *A Dama Branca*[6], encantadora ópera-cômica de verdadeira tradição francesa, graças à qual se faziam e se desfaziam tantos casamentos e que não fica nada a dever aos sopapos do verismo italiano.

Apoderou-se do sr. Théodore Dubois, no final de uma vida bem repleta, a fantasia de escrever uma sinfonia que o público (das galerias) fez com que ele sentisse, sem amenidade, que não é útil nem para a glória da música em geral nem para a da música francesa em particular. Onde está o mal? E seria necessário assumir esses ares espantados? Já se matou o gosto pelo clássico na França, confiando o cuidado de fazê-lo ser respeitado a algumas pessoas muito tediosas. Para esquecer o bedel que nos forçava a recitar o sonho de *Athalie*[7] foram necessários muitos anos, e ainda a confundimos muitas vezes com a de Racine. Na arte, não pode haver respeito obrigatório, e é com erros semelhantes que se obstrui o caminho de um monte de pessoas que só se tornaram respeitáveis pela antiguidade. Há muito tempo nós pegamos a mania de administrar as coisas menos administráveis deste mundo, e, forçosamente, essa mania terminou por invadir a arte! Quando se quer fazer música,

---

5. Théodore Dubois (1837-1924), compositor francês nascido em Rosnay.
6. Esta ópera, baseada na obra de Walter Scott, com música de François-Adrien Boïeldieu e libreto de Eugène Scribe, estreou em Paris em 1825.
7. Tragédia em versos de Racine.

funda-se imediatamente uma sociedade na qual alguns elementos contraditórios terminam geralmente por se neutralizar. E quando se quer aprender música? Tem-se a escolha entre o Conservatório e a *Schola Cantorum*[8], onde, mesmo que se seja genial como Bach ou dotado como Chopin, é preciso suportar o mesmo regulamento. Através de que série de milagres estas duas palavras, *arte* e *regulamento*, puderam ser associadas é algo propriamente inimaginável.

Sem retornar às escolas da Renascença – que talvez não sejam mais adequadas para a nossa época –, será que não seria possível, inspirando-se nelas, recuperar esse ensino ao ar livre, sem desejos de uma glória muito rápida, onde o aluno assumia o belo título de discípulo e temia seu mestre tanto quanto o amava?

Não misturemos o respeito, que não passa de uma virtude, à arte, que é a mais bela das religiões, feita de amor e de egoísmo admitidos.

Pela música[9]

Neste último mês, um acontecimento considerável realizou-se com muita simplicidade: nós temos uma Sociedade coral profissional. Evidentemente, isso não parece ser nada, porque se supõe que em Paris, cidade de associações e sindicatos, ela devia necessariamente existir. Não era nada disso. Até aqui, nós nos contentávamos em constatar a sua existência... no estrangeiro.

Alguns viajantes falavam sobre os grandes festivais ingleses, nos quais trezentas vozes respeitosas e convictas cantam a glória de Haendel, de Mendelssohn e de *sir* Elgar.

---

8. Escola superior de música fundada em Paris por Charles Bordes (1863-1909). Seu funcionamento teve início em 1896.
9. Publicado em fevereiro de 1914.

Eles falavam também – e nós chorávamos de comoção com isso – de pequenas aldeias perdidas no fundo da Turíngia, nas quais a preocupação de beber a cerveja nacional, aos domingos, era acompanhada pela necessidade de cantar os corais de Bach. Não se deixava de nos fazer observar, gentilmente, que, "na França, nós não tínhamos dessas coisas". Quanto a Paris, os cafés-concertos lhe bastavam. É com semelhantes amenidades que se julga a nossa capacidade musical. Nós fizemos os piores avanços; acolhemos algumas tentativas de arte nas quais a arte passava por maus momentos – e os espectadores também. Impuseram-nos alguns mobiliários fúnebres, algumas cadeiras nas quais só se podia sentar de três-quartos; isso não serviu para nada, muito pelo contrário. Para inverter a questão, acusaram-nos de temer o tédio como se fosse uma epidemia.

No entanto, nós tentamos, nós fizemos vir os mais célebres professores de tédio.

Será que talvez seja difícil não confundir o gênero "tedioso" com o gênero sério? É eminentemente uma questão de gosto, desse gosto que nunca é possível discutir, não parece? Não seria antes porque raramente se ousa ter a coragem de manter seu gosto acima das discussões?

Os mil pequenos costumes aos quais obedece uma época se aplicam a todo mundo, e isso é arbitrário, porque eles não servem, na maioria das vezes, senão para um só. Que nos seja permitido ilustrar essa afirmação por meio de um exemplo um tanto trivial: um homem tem uma cabeça grande; ele encontra, após longas meditações diante da vitrine de seu chapeleiro, uma fôrma de chapéu que parece diminuir a sua cabeça; ele a adota e é bem natural. Aquilo que é menos natural é que logo se veem algumas pessoas, que não são todas idiotas, usarem chapéus que as tornam ridículas. Vão nos dizer que se trata aí apenas de um caso de moda, e não de gosto? Isso não é totalmente verdadeiro. A moda e o gosto são estreitamente unidos – ou, pelo menos, deveriam sê-lo. E se a gente consente em ser ridículo na escolha de um chapéu, existem boas razões para estarmos seguros de que esse ridículo se estenderá a tudo aquilo que se relaciona com o gosto, inclusive o gosto pela música – o mais delicado de ser delimitado.

O capítulo "Das relações do chapéu com a música" foi esquecido por Carlyle[10], em seu *Sartor Resartus* – esse cruel breviário do humor. Ele mereceria ser escrito, porque essas "relações" são evidentes e certas. O chapéu de um apreciador de "sinfonias" não é o mesmo que o de um apreciador da *Danação de Fausto*[11]. E esse pequeno chapéu de feltro mole, que se enrola como uma bola, sempre pronto para a batalha, não pode compartilhar as opiniões do "tubo" lustroso como a pele de um negro. Este último exige de seu proprietário uma respeitabilidade que constrange o entusiasmo, enquanto o pequeno chapéu de feltro mole tem as mãos livres e pode até mesmo ser atirado na cabeça da orquestra como derradeira manifestação.

Para retornar à *Associação coral profissional*, ela, apesar da sua formação recente, executou coisas muito belas, quase todas em primeira audição. É bastante extraordinário quando se pensa que a maior parte dos coristas que a compõem era treinada apenas para cantar em coro, mas não com o coração[12].

Seria preciso citar tudo do copioso programa desse primeiro concerto. Será possível que nele houvesse um excesso de belas coisas, umas ao lado das outras? – Nós não estamos habituados a uma semelhante riqueza. – Primeiramente foi um moteto, com duplo coro, de Johann Sebastian Bach, no qual a arte de escrever para as vozes permanecerá insuperável. Depois, um delicioso madrigal, "Mil lástimas de vos abandonar", de Claude Lejeune[13]. E esta admirável *Batalha de Marignan*, obra-prima de Clément Janequin[14], que é como o rumor da

---

10. Thomas Carlyle (1795-1881), escritor e historiador escocês.
11. Ópera de Hector Berlioz.
12. Jogo de palavras com os termos franceses *choeur* (coro) e *coeur* (coração).
13. Compositor francês (1530?-1600).
14. Compositor francês (1485?-1558).

vida rude de um acampamento, anotado, grito por grito, ruído por ruído: o trote pesado dos cavalos nele se mistura ao soar das trombetas em um tumulto secretamente ordenado. Sua forma é tão direta que pode parecer popular, tanto ela é justa na sua pitoresca transposição.

Algumas canções infantis, divertidas; algumas danças norueguesas, nas quais se encontra a atraente melancolia de Edvard Grieg. Do mesmo Grieg, *Veja, João*, talvez mais instrumental do que vocal, mas ainda assim bem sedutora em sua utilização de vozes exclusivamente masculinas. Essa música tem o frescor gélido de seus lagos, o ardor premente de suas primaveras bruscas e apressadas.

O que é preciso dizer francamente é a dificuldade dessas obras tão diferentes! Ora, nada faltou: uma perfeita homogeneidade, uma surpreendente variedade na entonação.

Tudo isso é obra de D. E. Inghelbrecht[15] – magro como a sua batuta –, sua alma entusiasta concentra esse total de forças, sua autoridade minuciosa comanda sem jamais fraquejar. Ele passa da gravidade suntuosa de um Bach para a fantasia setentrional de um Grieg, sem ter a aparência de se considerar um fenômeno. Em todos os pontos de vista, é preciso encorajar essa tentativa de renovação coral. E, se ela comete o grave erro de ser verdadeiramente francesa, tratemos de perdoá-la por isso.

Sobre duas obras-primas[16]

A profissão de obra-prima nem sempre é invejável.

Pode-se constatar isso pela lastimável aventura da *Gioconda*, que alguns séculos de celebridade não a protegeram de uma curiosidade por demais interesseira.

---

15. Désiré-Émile Inghelbrecht (1880-1965), maestro e compositor francês.
16. Publicado em março de 1914.

Se, revendo-a, os que escrevem sobre arte querem admitir que ela decididamente não sorri; que ela nada mais tem ao redor da boca do que uma beiçola voluptuosa – de alguma forma lombarda – reencontrável em quase todas as figuras de Da Vinci, seu exílio involuntário[17] terá servido para nos desvencilhar das variações literárias sobre o mistério de um sorriso que não passa, muito simplesmente, de uma sombra projetada!

Nós tivemos também a obra-prima *Parsifal*, que tem sido deliberadamente maltratada... A Europa caiu sobre ela! Vinte capitais, pelo menos, disputaram a honra de apresentá-la em execuções cada uma mais "modelar" do que a outra. Isso deve ter sido assustador! Admiráveis bobagens foram ditas a esse respeito por algumas pessoas comumente gentis. Outras afirmaram seriamente que as obras-primas pertenciam a todo mundo! Aquilo que se defende tão mal quanto possível, levando-se em conta a maneira como elas são tratadas em nossos dias (conferir mais acima). Outras malfeitorias serão cometidas, não duvidemos disso. Felizmente, com a pátina que lhes põe o tempo (o melhor dos críticos de arte), as obras-primas adquirem certa indiferença... Elas sabem que não devem contar senão com devotamentos obscuros, amores anônimos – sendo a verdadeira paixão geralmente discreta.

Esperemos com paciência pelo dia em que se instituirá um concurso para julgar o melhor *Parsifal*. Desejamos que ele seja internacional, mesmo que as nações possam concorrer em conjunto. Porém, se, nesse dia, Wagner não cair do alto das profundezas do céu sobre a cabeça de seus admiradores é porque, decididamente, esse milagre não pode mais se realizar.

---

17. Roubada em agosto de 1911, por um carpinteiro italiano, a *Mona Lisa* acabara de ser restituída ao Museu do Louvre.

Paul Dukas (1865-1935)

Claude Debussy[1]

Acaba de acontecer com o sr. Albert Carré, diretor da Ópera Cômica, uma aventura bastante singular: ele apresentou uma obra-prima. Não uma obra-prima clássica ou classificada, uma dessas obras ilustres sobre as quais os críticos e o público têm antecipadamente a sua opinião formada e diante da representação das quais o último dos tolos se acreditaria desonrado se não exultasse de entusiasmo. Não. Não é de uma reapresentação de Gluck ou de Beethoven que estou tratando. Também não é da produção de um drama inédito – se é que resta algum – de Richard Wagner, tampouco de algumas dessas partituras repousantes. A obra-prima em questão – assinada por nomes admirados, é verdade, por muitos artistas – era absolutamente desconhecida dos críticos e da multidão até a véspera da sua aparição. Nem Maeterlinck[2] nem Debussy eram, creio eu, muito populares. Ignoro se eles o são agora e se o amanhã lhes reserva uma glória sem mácula. Porém, é preciso reconhecer que nem o poeta nem o compositor fizeram nada para merecê-la. É imperdoável ignorar, depois de tantas experiências, que os sucessos parisienses são decididos quase exclusivamente pela rotina, pelo esnobismo e pela publicidade. É preciso certamente uma presunção muito

---

1. *Revue d'art dramatique* (tomo 12, 1902, p. 255-259).
2. Maurice Maeterlinck (1862-1949), escritor, poeta e ensaísta belga. Sua peça teatral *Pelléas et Mélisande*, de 1892, foi transformada em ópera, por Claude Debussy, em 1902.

grande para acreditar que seja possível dispensar esses primeiros motores do triunfo. E, quando trazemos uma arte pessoal, devemos ao nosso renome, não menos que à inteligência dos nossos contemporâneos, prevenir as pessoas sobre isso. Na falta disso, elas tratam justamente a obra "nova" com aborrecimento, por obrigá-las a se comprometerem; porque é verdadeiramente exorbitante pretender que os espectadores formem por si próprios uma opinião. Nada irrita mais a sua tolice do que apelar diretamente para o seu gosto, para o seu julgamento e para a sua sensibilidade. Vimos bem isso durante o ensaio geral de *Pelléas et Mélisande*.

Para dizer a verdade, a concepção poética e a realização musical desse drama lírico diferem bastante daquilo que o público está acostumado a aceitar como fórmula moderna do teatro cantado para que, mesmo supondo que ele tenha sido advertido disso, seja possível testemunhar com muito bom humor a sua surpresa. O poema de Maeterlinck, por si só, deve parecer para uma multidão de pessoas, mais familiarizadas com Jules Barbier[3] do que com Shakespeare, um enigma insolúvel. Sua estrutura fragmentária, suas ingenuidades propositais, seu simbolismo muitas vezes estranho e a rudeza primitiva de alguns dos seus episódios – contrastando com a fluida delicadeza de alguns outros –, tudo isso pôde surpreender e repelir um grande número de espectadores. Se juntarmos a isso o fato de que a música de Debussy não apresenta quase nenhuma analogia com a arte tradicional, tampouco com as partituras recentemente elaboradas sob a influência de Wagner, será possível compreender que aqueles que são, no teatro, os pretensos mentores da opinião tenham se mostrado despeitados com tanta ousadia de uma vez só. Será possível compreender – sem desculpá-los – que, perturbados nos hábitos cômodos que eles já haviam adotado e privados dos pontos de apoio que lhes são normalmente oferecidos, eles tenham acreditado

---

3. Jules Barbier (1822-1901), célebre libretista de óperas nascido em Paris.

que era mais elegante não procurar compreender. Lançando-se sobre as possíveis extravagâncias do espetáculo, eles evitaram habilmente o trabalho de se pronunciar sobre o seu esplendor e sua novidade. Trata-se de uma velha história que terminará como as precedentes: em alguns anos, todo mundo desejará ter sido um dos primeiros a proclamar a beleza da obra; os críticos que, assim como os povos, não têm memória, se postarão à frente do coro. E, aliviados pelo espetáculo da sua própria grandeza de alma, eles se sentirão mais alegres para recomeçar, na próxima oportunidade, essa excelente brincadeira.

Um fato capital, sobre o qual se insistiu muito pouco – ao que me parece –, é o caráter totalmente peculiar da colaboração entre Maeterlinck e Debussy. Não é de modo algum de libreto e de partitura que estamos tratando aqui, mas sim da transformação musical de um drama concebido independentemente de uma possível adaptação lírica. Pela sua poesia, pela comovente humanidade dos personagens, pela significação expressiva de cada um dos aspectos desse cenário de sonho, no qual se destacam em silhuetas de inocência, de bondade, de violência ou de êxtase, alguns seres cheios de trágica inconsciência, o drama literário margeia incessantemente essas regiões do sentimento onde a expressão verbal aspira a se perder na expressão sonora. Ele é musical pela atmosfera misteriosa na qual estão imersas as suas partes, mesmo as mais fortemente definidas e as mais bem iluminadas. Ele é musical, também, pela riqueza harmoniosa da linguagem, pelo seu diálogo com frases de sentido longínquo, as quais só a orquestra pode prolongar e repercutir os ecos. Pela sua forma, no entanto, esse drama não invocava necessariamente a música. Seus andamentos não são de modo algum os de uma sinfonia. Com a sua musicalidade permanecendo latente, sua integridade poética não teria sido afetada em nenhum grau. Talvez ele tivesse mesmo se acomodado melhor com uma música episódica e de melodramas do que com uma completa tradução cantada. Porém, é precisamente nisso que consistem a novidade, a originalidade e a ousadia da façanha do compositor. Ao apropriar-se do próprio texto de

Maeterlinck, Debussy não tomava emprestado do poeta um esboço do gênero daqueles que os músicos gostam comumente de embelezar. Ele não se propunha igualmente a sobrepor a esse texto uma partitura com vida independente e um interesse profissional qualquer. E tampouco colocar a música nos trechos onde a poesia parece mais particularmente requerê-la, deixando os outros na sombra de um recitativo mais ou menos seco. Essas diferentes maneiras de proceder só teriam correspondido incompletamente ao seu objetivo: dar ao drama uma completa expressão musical, em relação exata com a sua musicalidade verbal, e, deixando de lado toda a preocupação egoísta com a adaptação, tornar simplesmente real a música desse canto falado.

Eis, creio eu, aquilo que Debussy quis fazer. Segundo penso, ele conseguiu cercar absoluta e magnificamente com a atmosfera que lhe convinha o drama de Maeterlinck. Ele conseguiu isso sem que nem a sua originalidade musical nem a riqueza dos seus dons – que, para qualquer outro, aqui, talvez tivessem sido uma causa de embaraço – tivessem feito com que ele se desviasse uma linha sequer do caminho que havia traçado. A novidade do resultado devia ser um motivo de espanto para os juízes mais experimentados; muitos dentre eles acreditaram que deviam atribuir ao poeta toda a sua eficácia, declarando que ali não havia nenhuma música, enquanto – pelo contrário – nada havia ali senão a música, mas uma música tão naturalmente incorporada à ação, tão naturalmente brotada da situação, do cenário e da linguagem, uma música tão unida à música inclusa sob as palavras que, na impressão total produzida por essa espécie de transfusão sonora, se torna impossível dissociá-la do texto que ela penetra; a ponto de que, em última instância, ela tanto pode surgir como a obra inconsciente do poeta quanto o poema pode surgir como a obra inconsciente do compositor.

É preciso, no entanto – já que tal é o objeto destas presentes crônicas –, falar dessa música como arte distinta, aquilo que só pode ser feito quebrando a imagem perfeita que ela oferece unida ao poema e considerando-a em seus detalhes. Assim examinada, ela se reduz a parcelas brilhantes ou matizadas com um sombrio fulgor, que podemos decompor – se temos prazer com esse jogo – e das quais podemos analisar a matéria colorante. Porém, se olharmos um vitral pelo lado da sombra, o que restará dele a não ser algumas cores mortas e algumas tiras de chumbo?

Foi considerando assim a partitura de *Pelléas et Mélisande* que alguns acreditaram ter fundamento para declarar que não havia nela nem ritmo, nem melodia, nem harmonia; outros não viram nela nenhum traço de desenvolvimento temático nem mesmo de temas musicalmente inteligíveis; muitos, por fim, nada mais viram do que um agradável e monótono sussurro de orquestra ronronando ao acaso. Como se, fora do poema do qual ela sai, a música, não dividida em fragmentos separados, pudesse e devesse encontrar em si própria o seu equilíbrio; como se o ritmo, a melodia e a harmonia fossem coisas em si, independentes da individualidade do artista criador, e não a expressão mais íntima da sua criação pessoal; como se o desenvolvimento temático estivesse para todo o sempre atado à forma que lhe foi dada por Richard Wagner, obedecendo às necessidades do seu gênio particular! Na realidade, se nós fizermos a abstração desse deplorável modo de julgamento por comparação, que macula com a nulidade a maior parte das críticas e paralisa toda a receptividade espontânea, reconheceremos bem rapidamente que a música de Debussy é, ao contrário, muito melódica, muito rítmica e de uma concepção harmônica tão nova quanto ousada. Contudo, essa melodia, essa rítmica e essa harmonia não são aquelas que a imitação dos mestres já fez cair no domínio público. São as dele, notadamente, a harmonia – a propósito da qual clamaram que se tratava de uma violação perpétua das regras, ao passo que ela nada mais é do que a genial extensão dos princípios. O mesmo ocorre com a economia do desenvolvimento temático, organizada de um ponto de vista não simplesmente musical, mas profundamente psicológico e totalmente novo. A mesma coisa ocorre também com a lógica do comentário orquestral, de uma unidade de composição admirável. Tudo isso pertence a ele, e somente a ele, e é engraçado que critiquem isso nele, depois de tanto terem se queixado dos defeitos opostos dos seus confrades – transformados, nesse caso, em qualidades.

Não realizarei um estudo mais completo sobre a música de *Pelléas et Mélisande*. Como ela quase não se presta a isso, as generalidades serão preferíveis, aqui, às mais eruditas dissecações. Para perceber plenamente e sem esforço a beleza da obra do músico, basta contemplá-la não pelo lado da sombra, das técnicas e das tiras de chumbo, mas pelo lado da luz, com a qual ilumina o poema. Daí tudo se anima e ganha vida, todas as fases da obra aparecem distintamente sobre um fundo comum de emoção e de humanidade, cada compasso se afirma correspondendo ao cenário que ele sublinha, do mais sombrio ao mais vibrante de claridade, e aos sentimentos que ele quer reproduzir, dos mais ternos, dos mais apaixonados, aos mais terríveis e misteriosos.

Erik Satie (1822-1924)

O Espírito musical[1]

Tendo que lhes falar da Música – assunto bem vasto para uma conversa –, eu restringirei muito o meu tema, reservando-me a falar-lhes um pouco dos músicos e, sobretudo, do Espírito musical.

O músico é recrutado em todos os meios;... ele nos vem de todas as classes sociais...

...O ensino musical é praticado como todos os ensinos; ...ele é dado por professores... e recebido por alunos – os quais são melhores ou piores – (assim como os professores, de resto...).

...Ao final de alguns anos, o aluno torna-se aquilo que chamamos vulgarmente de um "artista"...

Até aqui... tudo vai bem.

Em suma... esse recém-chegado... o que ele sabe?...

Ele conhece ...a harmonia; ...o contraponto; a instrumentação; a orquestração... a melodia não tem segredos para ele, assim como também o ritmo, a sonoridade, o dinamismo, a tonalidade (e o sistema atonal)...

...

Ele cultiva a sabedoria... Ele é imaginativo... Ele tem uma dose de abnegação somada a um desejo de sacrifício muito volumoso... enorme... se ouso dizer... Sua potência é extrema...

---

1. *L'esprit musical*. Texto de uma conferência apresentada na Bélgica – em Bruxelas e na Antuérpia – em 1924. Edição original: Liège, Éditions Dynamo, 1950.

Em poucas palavras, ele está pronto para a luta... ele combaterá lealmente...
...
Notem que todas essas coisas são conhecidas pelos próprios críticos... porque os críticos... bem entendido... sabem tudo... e possuem todas as qualidades.
Vejam os senhores Vuillermoz... Laloy... Schloe(t)zer... sim... eles sabem tudo!... (pelo menos... é o que eu suponho)...

Não deem... eu peço... um sentido agressivo ao que acabei de lhes dizer...
Faço apenas algumas constatações... que não lançam nenhuma desconfiança sobre o renome de críticos respeitáveis e respeitosos – e que eu respeito...
...Tenho muito do espírito de livre pensamento para tolerar o pensamento dos outros – mesmo daqueles que se apresentam diante de mim como adversários irredutíveis e levianamente desleais...
...Não ataco nem glorifico ninguém... E até abandono... nesse momento, a ironia que me é costumeira...
...Falo-lhes como amigo – como velho amigo, fique bem entendido...
Porém, não basta ser músico – ou ter aparência disso –, é necessário ter o seu espírito...
Esse espírito é um espírito como qualquer outro; ...ele é irmão do Espírito literário... do Espírito pictural... do Espírito científico e de vários outros espíritos – cada um mais espiritual do que os outros...
...Apenas... aqueles que são animados por esse espírito podem esperar atingir certas altitudes de pensamentos... certos cumes da especulação...
...Saibam, queridos amigos, que é o espírito próprio de cada arte que dá, ao artista, a coragem necessária para suportar a violência das lutas...

Porque, na arte... tudo está na luta, e as lutas aí são numerosas... reiteradas... sem trégua...

Sobretudo... nada de comprometimentos...

... Capitular será sempre um sinal de fraqueza – quando não de covardia...

Assim, vemos que a maior parte dos críticos – na música, assim como em qualquer outra arte – não tem "o espírito" da coisa de que eles tratam...

...É por isso que o seu ponto de vista quase sempre difere do ponto de vista do autor que eles julgam...

Notem que de maneira alguma eu ponho em causa a sua boa-fé; ...porque só estou falando aqui dos críticos sérios; ...os outros não me interessam suficientemente para que eu me ocupe deles...

Portanto, que estes últimos não vejam nas minhas palavras nenhuma má intenção a seu respeito: ...eles não são de modo algum o objeto da minha indelicada atenção...

...Que o Senhor os proteja... os abençoe... os encha de felicidade – se ele quiser...

Nas coisas do intelecto, existem algumas convenções especiais para essas coisas.

...Se queremos ter razão – realmente razão –, precisamos começar por ser razoáveis, muito razoáveis (notem que eu não cometo, aqui, um pleonasmo);...

além do mais... é preciso ter razão sem vaidade... sem alarde... sem orgulho... A posse da razão não concede nenhum privilégio; ...

...quase sempre, ela só ocasiona aborrecimentos... O homem que tem razão é – geralmente – muito malvisto... mesmo com óculos...

...Cabe a ele saber disso, e não ambicionar outra coisa além de ter razão – se ele a tem...

...

...Porém, aquele que deseja preservar a sua tranquilidade pessoal terá o cuidado de estar sempre errado... totalmente errado – e até mais do que isso...

...Então... belos dias lhe estarão assegurados... e ele se extinguirá nas honrarias e na prosperidade; – e... talvez, ele tenha muitos filhos – legítimos, naturais ou sobrenaturais.

O exercício de uma arte nos convida a viver na mais absoluta renúncia...

...Não era para rir que eu lhes falava... ainda há pouco... de sacrifício...

A Música exige muito daqueles que querem servi-la... E é isso que eu queria fazer vocês pressentirem...

Um verdadeiro músico deve ser submisso à sua arte;... ele deve colocar-se acima das misérias humanas;... ele deve buscar sua coragem em si mesmo... nada mais do que em si mesmo.

Notas sobre a música moderna[2]

Para combater uma ideia "*avançada*" na política ou na arte, todos os meios são bons – sobretudo os meios baixos. Os artistas "*novos*" – que "MODIFICAM ALGUMA COISA" – conhecem os ataques que em todos os tempos seus inimigos dirigiram e dirigem contra a novidade das tendências – das visões – que eles não compreendem.

Isso acontece tanto na arte quanto na política: Jaurès[3] foi atacado assim como o foram Manet, Berlioz, Wagner, Picasso, Verlaine e tantos

---

2. Jornal *l'Humanité*, n. 5654, 11 de outubro de 1919, p. 1-2.
3. Jean Jaurès (1859-1914), político francês nascido em Castres, foi uma das principais figuras do socialismo francês e o fundador do jornal *l'Humanité* (1904); foi assassinado em 31 de julho de 1914 por um militante nacionalista.

outros. Isso "*recomeça*" sempre e são sempre os mesmos que combatem o progresso sob todas as suas formas, em todas as suas manifestações: os sustentadores dos "HÁBITOS ADQUIRIDOS", os "EU-PERMANEÇO-NO-LUGAR" – uma boa gente.

*

Tenho o desejo de defender neste jornal aqueles de meus camaradas músicos pertencentes aos agrupamentos musicais "*avançados*". Pareceu-me bom e útil fazê-lo aqui, em um meio que tem a minha afeição e do qual eu faço naturalmente parte. Não é natural que um artista "*avançado*" seja "*avançado*" na política? Sim, não é?

Pois bem! Meus amigos, isso é muito raro – raríssimo, diria eu, se ousasse –, e mais raro do que vós podeis supor. Assim, o sr. Saint-Saëns – esse grande patriota – teve a sua hora "*avançada*". É verdade que essa hora "*avançada*" não data de ontem – nem mesmo de anteontem. Nós sabemos o que fez o sr. Saint-Saëns pelos músicos de todas as categorias. Ah, não é um "*bom tipo*" esse bravo sr. Saint-Saëns! Como ele sabe praticar a gentil máxima "Tudo para mim, nada para os outros". Que homem encantador! Eis aí um que não gosta dos socialistas. De resto, isso é preferível. Não acham?

*

Debussy estava longe de ter política e socialmente as mesmas asperidades de gostos que musicalmente. Esse revolucionário da arte era muito burguês no uso da vida. Ele não gostava das "jornadas de oito horas" nem de outras modificações sociais. Eu posso vos afirmar isso. O aumento dos salários – salvo para ele, que fique bem entendido – não lhe era muito agradável. Ele tinha o seu "ponto de vista". Estranha anomalia.

*

Eu devo vos dizer – e é uma alegria para mim fazer isso – que os *"jovens"* músicos compartilham mais as nossas opiniões. Eles "vêm para cá". Aquilo que nós queremos não os assusta. Isso é um progresso – não vos parece? Eles percebem que deve haver concordância entre as suas aspirações artísticas e as suas visões sociais.

*

Porém, quais são os músicos *"jovens"* dignos de atrair a vossa atenção?

Nas próximas "NOTAS", eu vos falarei desses *"jovens"*; vos indicarei os seus trabalhos; vos direi onde vós podeis escutar as suas obras. E ficarei feliz se os meus esforços puderem ajudar no desenvolvimento da cultura musical na nossa grande família socialista, família distinta que eu amo de todo o coração.

A inteligência e a musicalidade entre os animais[4]

A inteligência dos animais está acima de qualquer negação. Porém o que faz o homem para melhorar a condição mental desses concidadãos resignados? Ele lhes oferece uma instrução medíocre, espaçada, incompleta, tal como uma criança não desejaria para si mesma: e teria razão, o querido serzinho. Essa instrução consiste sobretudo em desenvolver o instinto de crueldade e de vício que existe atavicamente em

---

4. Crônica da série *Mémoires d'un amnésique*, publicada em *La Revue Musicale S. I. M.*, fevereiro de 1914, p. 69.

todos os indivíduos. Jamais são cogitadas, nos programas desse ensino, nem a arte, nem a literatura, nem as ciências naturais, morais ou outras matérias. Os pombos-correio não são de maneira alguma preparados para a sua missão por meio de um conhecimento da geografia; os peixes são mantidos afastados do estudo da oceanografia; os bois, os carneiros e os bezerros ignoram tudo acerca do gerenciamento racional de um abatedouro moderno, e não sabem qual é o seu papel nutritivo na sociedade que foi constituída pelo homem.

Poucos animais se beneficiam da instrução humana. O cão, o mulo, o cavalo, o asno, o papagaio, o melro e alguns outros são os únicos animais que recebem um arremedo de instrução. E será, também, que isso não é mais educação do que qualquer outra coisa? Comparem, peço, essa instrução com aquela que é dada pelas universidades a um jovem bacharel humano, e vocês verão que ela é nula e que não pode nem estender nem facilitar os conhecimentos que o animal terá podido adquirir por meio dos seus trabalhos, por sua assiduidade em seus trabalhos. Mas e musicalmente? Alguns cavalos aprenderam a dançar; algumas aranhas se mantiveram sob um piano durante toda a duração de um longo concerto – concerto organizado para elas por um respeitado mestre do teclado. E depois? Nada. Aqui e ali nos falam da musicalidade do estorninho, da memória melódica do corvo e da engenhosidade harmônica do mocho, que faz o seu acompanhamento dando palmadas sobre o ventre (meio puramente artificial e de exígua polifonia).

Quanto ao rouxinol, sempre citado, seu saber musical causa desdém ao mais ignorante dos seus ouvintes. Não somente a sua voz não é impostada, mas também ele não tem nenhum conhecimento – nem das claves, nem da tonalidade, nem da modulação, nem do compasso. Talvez ele seja dotado? É possível; chega a ser certo. Porém, podemos afirmar que a sua cultura artística não se iguala aos seus dons naturais, e que essa voz, da qual ele se mostra tão orgulhoso, não passa de um instrumento muito inferior e inútil em si.

Maurice Ravel (1874-1937)

Críticas[1]

Concerto Lamoureux

Parece singular que a crítica musical seja muito raramente confiada àqueles que praticam essa arte. Sem dúvida, consideram que estes últimos têm coisa melhor para fazer, e que, com brilhantes exceções (elas mesmas obras de arte), uma crítica, mesmo perspicaz, é de uma necessidade menor do que uma produção, tão medíocre quanto ela seja. Além disso, é possível temer que os profissionais, movidos por sentimentos muitas vezes honoráveis, nem sempre possam julgar com uma perfeita independência, e que suas opiniões estejam maculadas pela paixão, para não dizer pior.

No entanto, é forçoso reconhecer bem que os julgamentos dos críticos nem sempre estão isentos dessa paixão. Muitas vezes, um ardor veemente no ataque mascara habilmente a incompetência que uma opinião mais modesta deixaria suspeitar.

Os quatro últimos Concertos Lamoureux ofereciam, nesse mês, um programa dos mais variados. Para dizer a verdade, nenhuma primeira audição, a não ser uma cena importante de *Eros vencedor*[2], dessa ópera francesa, de um alto valor musical, que alguns estrangeiros puderam

---

1. *Revue Musicale S. I. M.*, fevereiro de 1912. Os três textos deste capítulo foram retirados respectivamente das páginas 50-52/55-56/62-63.
2. Conto lírico em três atos, da autoria de Pierre de Bréville.

apreciar na íntegra, enquanto nós estamos condenados a degustá-la por fragmentos. Porém, a maior parte das outras obras era tão pouco conhecida que era interessante fazer com que as escutássemos novamente.

Por uma ironia do destino, a primeira que eu pude apreciar foi a minha *Pavane pour une infante défunte*. Não sinto nenhum incômodo de falar sobre ela: é bastante antiga para que o recuo faça com que ela seja entregue do compositor para o crítico. Não vejo mais as suas qualidades, de tão longe. Porém, ai ai! Eu percebo muito bem os seus defeitos: a influência de Chabrier, muito flagrante, e a forma bastante pobre. A notável interpretação dessa obra incompleta e sem audácia contribuiu muito, penso eu, para o seu sucesso[3].

Uma grande parte do público que a aplaudiu não deixou de manifestar-se contra o esplêndido poema de Liszt, *Os ideais*. Sem dúvida, essa página genial pode parecer um pouco longa, na primeira audição. Mas será que ela o é realmente menos do que a cena final do *Crepúsculo dos deuses*, cujo sucesso, no mesmo concerto, foi unânime?

Bem sei que esse final foi cantado por Lucienne Bréval[4] de maneira a nos fazer esquecer das cantoras wagnerianas mais notórias que temos escutado até aqui em nossos concertos. E isto, apesar da algaravia desconcertante de Ernst, na qual a grande artista era obrigada a se exprimir. Reconheço também que, diante dessa sinfonia formidável, o êxtase da multidão é mais do que legítimo. Porém, aquilo que nós todos sabemos é que esse final, assim como o resto da obra, não foi acolhido com o mesmo entusiasmo quando da sua revelação. E deve ter parecido ainda mais longo do que *Os ideais*.

E, depois, que nos importam os defeitos dessa obra e da obra inteira de Liszt? Será que não existem qualidades suficientes nessa

---

3. Ao contrário do que pensava Ravel – talvez como produto da modéstia –, a *Pavane* é ainda hoje uma das suas obras mais conhecidas e executadas.
4. Lucienne Bréval [Bertha Agnès Schilling] (1869-1935), soprano alemã que fez carreira na França, cantando especialmente na Ópera de Paris.

efervescência tumultuosa, nesse vasto e magnífico caos de matéria musical no qual foram beber várias gerações de compositores ilustres?

É em grande parte a esses defeitos, é verdade, que Wagner deve a sua veemência excessivamente declamatória; Strauss, seu entusiasmo de pistoleiro[5]; Franck, a lentidão da sua elevação; a escola russa, seu pitoresco por vezes cheio de brilhos falsos; a escola francesa atual, o extremo coquetismo de sua graça harmônica. Porém, será que esses autores tão dessemelhantes não devem o melhor das suas qualidades à generosidade musical, verdadeiramente prodigiosa, do grande precursor? Será que nessa forma, muitas vezes desajeitada, sempre abundante, não se distingue o embrião do desenvolvimento engenhoso, claro e límpido de Saint-Saëns? E essa orquestra resplandecente, de uma sonoridade ao mesmo tempo poderosa e leve, que influência considerável não terá exercido sobre os adversários mais declarados de Liszt?

Não podemos evitar certa ironia quando consideramos que a maioria destes últimos é de alunos de Franck, o contemporâneo que mais deve a Liszt. Esses discípulos evitaram com todo o cuidado seguir o exemplo de seu mestre, cuja orquestra incolor e pesada muitas vezes estraga a beleza da ideia.

Essa crítica não poderia ser feita a nenhum dos três compositores da escola franckista executados nos últimos concertos. Witkowski[6], em sua segunda sinfonia, faz uso habilmente de uma palheta brilhante. Porém, as cores parecem artificiais. Isso provém do fato de que apenas a vontade, nessa obra, parece guiar o compositor. Algumas breves sequências de notas, tratadas com os procedimentos da escola – aumentos, inversões –, constituem o princípio da melodia. A harmonia é quase

---

5. No original está *coltisseur*, palavra que não conseguimos encontrar em nenhum dicionário. Achamos que pode se tratar de um neologismo derivado do termo *colt*, marca de revólveres muito popular naquele período e que se tornou sinônimo da própria arma. Por isso, traduzimos por "pistoleiro" (usuário de um *colt*).
6. Georges Martin Witkowski (1867-1943), compositor e maestro francês.

sempre o resultado de encontros contrapontísticos. O ritmo, de deformações laboriosas. De modo que esses três elementos da música, cuja concepção deveria ser simultânea e, antes de mais nada, instintiva, são aqui elaborados separadamente e unidos – diríamos – por um trabalho puramente intelectual.

Os meios escolásticos, que abundam nas três partes dessa sinfonia, deixam perceber bem que o autor impôs-se a tarefa de desenvolver determinada ideia, custe o que custar, e a de conduzi-la em determinado tom. Como essa medonha lógica da razão está longe da lógica da sensibilidade! No entanto, por trás dessa máscara sem brilho, discerne-se a todo instante um músico profundo, vibrante, que não deve ter aceito sem revolta a disciplina e as mortificações que lhe foram impostas em nome de não sei que dogmas absurdos.

Muito diferente é o *Poema do amor e do mar*, de Ernest Chausson[7]. Desde a apresentação das ideias, a melodia e a harmonia não formam senão um corpo. Um encanto muito doce emana dele. Felizmente, conservamos a lembrança disso durante a confusão inútil e desajeitada dos desenvolvimentos que enfraquecem essa obra tão musical. Uma orquestra às vezes um tanto carregada, mas sempre sedutora, interpreta com uma compreensão das mais felizes as paisagens evocadas pelo poeta.

O dom orquestral de Pierre de Bréville[8] é igualmente superior ao de seu mestre. A elegância da harmonia e a distinção da coloração melódica são evidenciadas por algumas sonoridades cintilantes, de um pitoresco sem exagero. Talvez eu criticasse a inspiração por nem sempre ser isenta de indolência. Em algumas partes, eu desejaria alguns desses acentos dramáticos, um tanto vulgares, que fazem vibrar os ouvintes mais delicados. Porém, será que se deve censurar o artista por um

---

7. Compositor francês nascido em Paris (1855-1899).
8. Compositor francês nascido em Bar-le-Duc (1861-1949).

excesso de pudor e por desprezar esses *truques* fáceis por meio dos quais alguns de seus confrades alcançam uma baixa celebridade?

Incorro no erro que pretendi criticar nos meus contemporâneos. De que serve procurar as imperfeições de uma obra que me encantou profundamente? Mas, também, por que será necessário que eu seja *do ofício*?

Concertos Lamoureux

Esta *longa paciência*, ou vontade, na qual, bem desastradamente, Buffon[9] crê ter descoberto a própria essência do gênio, não passa, na realidade, de um auxiliar útil. O princípio do *gênio*, ou seja, da invenção artística, não pode ser constituído senão pelo instinto, ou sensibilidade. Aquilo que talvez não fosse, no espírito do naturalista, senão um dito espirituoso, engendrou um erro mais funesto e relativamente moderno. É aquele que pretende fazer com que o instinto artístico seja dirigido pela vontade.

Esta última deve ser apenas a serva dedicada do primeiro. Serva robusta, lúcida, que deve obedecer inteligentemente às ordens de seu soberano, sujeitar-se aos seus menores caprichos; favorecer que ele siga o seu caminho e jamais tentar desviá-lo dele; ajudá-lo a paramentar-se magnificamente, mas nunca escolher dentre as suas próprias roupas nenhuma vestimenta, mesmo que seja suntuosa. Às vezes, no entanto, o amo é tão débil que a serva é obrigada a sustentá-lo, e até a guiá-lo. Os produtos dessa associação capenga são bastante ordinários, ao menos no domínio musical. Alguns ouvintes, muito pouco sensíveis, não deixam de se mostrar satisfeitos com isso.

---

9. Trata-se do Conde de Buffon (1707-1788), célebre naturalista francês.

Aquilo que se é tentado a considerar particularmente nessas obras enfadonhas é o que se chama de "habilidade técnica". Ora, na arte, a *habilidade técnica*, no sentido absoluto da palavra, não pode existir. Nas proporções harmoniosas de uma obra, na elegância de sua condução, o papel da inspiração é quase ilimitado. A vontade de desenvolver só pode ser estéril.

É isso que aparece mais claramente na maioria das obras de Brahms. Pudemos constatá-lo na *Sinfonia em ré maior*, que nos foi apresentada recentemente pela associação dos Concertos Lamoureux. As ideias são de uma musicalidade íntima e doce, e embora o seu contorno melódico e o seu ritmo sejam muito pessoais, elas são diretamente aparentadas às de Schubert e de Schumann. Mal elas acabaram de ser apresentadas, seu andamento torna-se pesado e penoso. Parece que o compositor foi incessantemente perseguido pelo desejo de igualar-se a Beethoven.

Ora, o caráter encantador da sua inspiração era incompatível com o desses desenvolvimentos vastos, arrebatados, quase desordenados, que são a consequência direta dos temas beethovenianos – ou que, antes, jorram da própria inspiração. Essa habilidade técnica, da qual seu ancestral Schubert foi *naturalmente* privado, Brahms adquiriu-a por meio do estudo. Ele não a descobriu nele mesmo.

Será necessário atribuir a causas análogas a desilusão que nos faz sentir cada nova audição da *Sinfonia* de César Franck? Sem dúvida, embora essas duas sinfonias, tanto pelo valor temático quanto pela implementação, sejam muito diferentes.

No entanto, seus defeitos têm a mesma fonte: a mesma desproporção entre as ideias e o desenvolvimento. Na obra de Brahms, uma inspiração clara e simples, ora jovial, ora melancólica; alguns desenvolvimentos eruditos, grandiloquentes, emaranhados e pesados. Na obra de Franck, uma melodia de um caráter elevado e sereno, algumas harmonias ousadas de uma riqueza singular; mas uma pobreza de forma desoladora. A construção do mestre alemão é hábil, mas nela percebe-se demasiadamente o artifício. Existe no máximo, no compositor de Liège[10], uma tentativa de construção: alguns grupos de compassos, e até mesmo algumas páginas inteiras, se repetem, transpostos literalmente. Ele abusa desajeitadamente de fórmulas antiquadas de escola. Porém, um ponto no qual a superioridade de Brahms se manifesta é na sua técnica orquestral, que é das mais brilhantes. Na obra de Franck, pelo contrário, as falhas instrumentais se acumulam. Aqui, os contrabaixos arrastam-se desajeitadamente, aumentando o peso de um quarteto já apagado. Ali, algumas trombetas barulhentas vêm replicar os violinos. No momento que a inspiração está mais elevada, somos desconcertados por algumas sonoridades de parque de diversões.

Não é surpreendente que, tanto na Alemanha quanto na França, tenham se servido, para combater a influência de Wagner, desses dois músicos, cujas imperfeições provocam muitas vezes uma impressão de frieza e de tédio. Essa própria peculiaridade do seu gênio os designava para desencadear um movimento fatal de reação.

A formidável espontaneidade daquele no qual se achava sintetizada toda a sensibilidade do século XIX devia inquietar aqueles mesmos que tinham sido os primeiros a sofrer o seu poderoso encanto. Ainda hoje, quando ressoa a *Venusberg*[11], uma das obras mais representativas da arte wagneriana, concebe-se que, depois dessa explosão de alegria e de sofrimento apaixonados, depois desse transbordamento ululante de vida pagã, deve-se sentir a necessidade de um retiro pacífico, e até mesmo austero.

Em nosso país, essa meditação produziu resultados diversos: do claustro franckista saiu primeiramente uma procissão solene de artistas entusiastas da vontade, cuja fé não cessou de se fortalecer. Depois, um bando menos organizado de jovens com uma alma toda nova, que

---

10. Cidade belga onde nasceu César Franck.
11. Fragmento da ópera *Tannhauser*.

deixavam cantar livremente o seu instinto, e cuja sensibilidade se aplicou a perceber, profundamente e com menos ênfase que seus antecessores, até as menores manifestações exteriores.

De Vincent d'Indy[12], o chefe do primeiro grupo, Chevillard[13] reapresentou-nos recentemente *Saugefleurie*. Já se manifesta, nesse poema sinfônico, o princípio que orientou a conduta artística do compositor. Sua orquestração é rica e colorida, a forma é clara. Porém, nele se descobre o desprezo pela harmonia natural, pelo ritmo espontâneo, pela melodia livre; em poucas palavras, por tudo aquilo que não é do domínio da pura vontade. Esse princípio, levado até os seus limites, devia apresentar como resultado essa abstração musical que é a *Sonata para piano*, do mesmo autor.

Ao segundo grupo, é justo vincular a escola russa, que contribuiu em boa parte para a eclosão da sensibilidade musical da nossa geração. Duas das obras mais características dessa escola figuravam nos últimos programas: o *Esboço sobre as estepes da Ásia Central*, de Borodin[14], essa obra ingênua, de uma musicalidade e de um *impressionismo* tão profundos; e *Islamey*, de Balakirev[15], orquestrada por Alfred Casella.

Como a concepção primitiva dessa obra – ousarei dizer dessa obra-prima – é puramente pianística, o fato de ela ter sido transposta para a orquestra pareceu estranho para alguns. Certas pessoas chegaram a dizer que era sacrilégio – embora, no entanto, aceitem sem reclamar a transcrição para piano, e até mesmo a paráfrase, de uma obra orquestral. Da minha parte, confesso que tive um grande prazer em escutar essa peça em sua nova forma. Era quase impossível, e sem dúvida bastante inútil, traduzir para a orquestra alguns efeitos do piano. Embora

---

12. Vincent d'Indy (1851-1931), compositor, maestro e professor de música nascido em Paris.
13. Camille Chevillard (1859-1923), compositor e maestro nascido em Paris.
14. Alexander Borodin (1833-1887), um dos mais geniais compositores da música russa.
15. Mili Balakirev (1837-1910), pianista e compositor russo.

respeitando escrupulosamente a matéria musical da obra, Casella tomou o partido de interpretar livremente, e não o de transpor. Uma instrumentação complexa, muito carregada, mas, no entanto, leve, transformou uma brilhante fantasia para piano em um fragmento sinfônico não menos radioso.

No mesmo concerto, foi executado o balé de *O milagre*, o drama lírico de Georges Hüe[16], que eu já havia escutado na ópera. Fiquei feliz de reencontrar, tão viva quanto na primeira audição, a impressão de espontaneidade que me haviam proporcionado essas danças de jeito jovialmente popular, com um ritmo engenhoso e variado. Experimentei novamente, com arrebatamento, uma das mais belas sonoridades de orquestra que já foram imaginadas. É, creio eu, na segunda variação da *Dança do urso* que se encontra essa passagem. No dia 25 de fevereiro, era apresentado no Colonne o *Salmo XLVI* de Florent Schmidt[17], obra considerável do mais alto valor e da qual essa era a primeira audição. Naquele dia, o público mais fino, mais curioso e mais artístico deste mundo não deixou de correr para os Concertos Lamoureux, para aclamar Émile Sauer. Esse pianista, que tivemos muitas vezes oportunidade de aplaudir – virtuose dos mais notáveis, aliás –, executou com perfeição o *Concerto em mi bemol*, de Liszt, obra tão bela quanto pouco conhecida.

Convém não outorgar aos criadores a mesma aprovação que aos intérpretes. É por isso que se acolheu com um entusiasmo mais moderado os *Children's Corner*, de Claude Debussy, orquestrados por André Caplet com uma delicadeza espiritual. Essas pequenas peças não passam evidentemente do divertimento de um grande artista. Porém, existe mais música em um único compasso de uma delas do que em toda essa

---

16. Compositor francês (1858-1948).
17. Florent Schmidt (1870-1958), compositor francês nascido em Blâmont.

sequência interminável das *Impressões da Itália*[18], dessa reconhecida homenagem a Roma que valeu outrora, ao seu sagaz autor, a enternecida estima dos membros mais veneráveis do Instituto.

Os "Quadros Sinfônicos" do Sr. Fanelli

"Um gênio desconhecido." "Um Wagner francês." "Incomparável e Sublime." "Compareçam todos no próximo domingo aos Concertos Colonne."

Verdadeiramente, a imprensa diária abusa da sua onipotência! Que ela se ocupe de lançar um remédio sensacional, tudo bem. Que ela se esforce para provocar, com um interesse financeiro, alguns conflitos internacionais para reerguer uma indústria enfraquecida por meio de subscrições supostamente patrióticas, é o seu direito, quando não o seu dever. Nós lhe deixamos a política, os empreendimentos comerciais e até mesmo o teatro. Mas, ao menos, que ela nos deixe a arte!

Durante mais de uma semana, os diários não nos falaram senão desse compositor, até aqui muito ignorado. Dia após dia, fomos informados que ele ganhava penosamente a sua vida como copista; que na sua casa não havia fartura; que sua filha lutava para obter um diploma de professora primária. Eram-nos reveladas as emoções pungentes que sua partitura proporcionou a Gabriel Pierné, à orquestra Colonne, à Madame Judith Gautier e ao sr. Benedictus.

Esses procedimentos de seção de classificados e de romance de folhetim nos valeram uma manifestação das mais ridículas e das mais cruciantes: durante um quarto de hora, uma imensa multidão urrou, sílaba por sílaba, o nome do autor, até que este foi arrastado lamentavelmente

---

18. Suíte sinfônica composta por Gustave Charpentier, apresentada com enorme sucesso nos Concertos Lamoureux, em 1891.

para o palco. Essa ovação consoladora nada reparou. O sr. Fanelli[19] merece coisa melhor do que isso.

Essa propaganda à americana devia seguramente chamar a atenção dos fãs de Nick Carter[20]. Em contrapartida, ela provocava a desconfiança dos artistas, assim como a dos críticos, aos quais a sua profissão ordena a prudência. Alguns destes últimos tiveram a força de não abandonar as suas precauções.

No entanto, é notável o caso desse artista, completamente isolado em 1883, entregando-se a pesquisas que se convencionou chamar de *impressionistas*, no momento em que ninguém na França se precocupava com o *impressionismo*.

Certamente, esse impressionismo é muito diferente daquele dos nossos músicos atuais. Fanelli provavelmente ignorava, naquela época, certas obras de Liszt e, sem dúvida, de Rimsky-Korsakov, de Balakirev, de Mussorgski e de Borodin, que inspiraram a jovem escola francesa. O impressionismo de Fanelli procede mais diretamente do de Berlioz: a percepção dos ruídos da natureza é apenas estilizada. O interesse melódico e harmônico é quase tão saboroso quanto no *Carnaval romano* ou em certas passagens de *Romeu e Julieta*.

Do mesmo modo e, sobretudo, situando-se na época em que ela foi escrita, a obra é do mais alto interesse. A atmosfera sufocante do

---

19. Ernest Fanelli (1860-1917), músico e compositor francês nascido em Paris. Interrompendo bem cedo a sua formação musical acadêmica, por falta de condições financeiras, Fanelli estudou sozinho, sobrevivendo como músico de orquestra e copista de partituras. Em 1912, atuando como percussionista na Orquestra Colonne, atraiu a atenção de seu maestro, Gabriel Pierné, ao mostrar-lhe a partitura de uma de suas obras (apenas como demonstração da boa qualidade de sua caligrafia musical). Impressionado com o caráter moderno da composição, escrita quase trinta anos antes, Pierné apresentou-a em um concerto de sua orquestra, em março de 1912. Apesar do reconhecimento tardio, Fanelli não retomou a sua atividade de compositor – interrompida em meados da década de 1890 – e, depois de alguns anos, tornou a cair no esquecimento.
20. Personagem da literatura policial norte-americana que foi, nos primeiros anos do século XX, protagonista de alguns seriados e filmes do cinema francês.

início da primeira parte, os piados estridentes dos abutres e a longínqua melopeia do escravo, apesar do seu orientalismo um tanto convencional; na segunda parte, o deslumbramento dos templos fervilhantes e coloridos; na terceira, o rodar incessante dos carros rangendo sob o estrondo das fanfarras. Tudo isso expresso, ao que parece – pelo menos na primeira audição –, unicamente por meio de uma orquestração das mais pitorescas, teria surpreendido poderosamente os ouvintes, se os concertos dominicais tivessem executado esse poema sinfônico na sua época.

Sem dúvida, a acolhida não teria sido unânime. Os executantes, longe de chorar, teriam ao menos sorrido. Esse mesmo público teria se manifestado tão pouco calorosamente quanto fez com o fulgurante *Fogos de artifício* de Igor Stravinsky. E talvez tivesse mesmo simplesmente mandado parar de tocar, como na primeira audição de *L'après-midi d'un faune*[21], do qual ele hoje em dia pede bis.

E, sobretudo, as pesquisas do jovem compositor não teriam podido, naquela época, servir para rebaixar as dos seus confrades.

É singular que essas pesquisas – tachadas por alguns, até aqui, de desprezíveis – adquiram subitamente uma importância extraordinária porque se descobre o seu embrião em uma obra escrita há trinta anos.

Essa bela coragem, que consiste em esmagar a audácia dos contemporâneos incômodos sob a audácia de seus predecessores, fez com que encontrassem nessa obra a fonte do *impressionismo* de Claude Debussy.

Um crítico, levado pelo seu zelo, acreditou mesmo que devia declarar, categoricamente, que nesse poema "a concepção e a escrita harmônica são manifestamente debussystas, ou antes, pré-debussystas", sem dúvida porque "Fanelli abusa das *sequências de terceiras*

---

21. *Prélude à l'après-midi d'un faune,* obra de Debussy inspirada em um poema de Stéphane Mallarmé.

maiores[22], aquilo que, em 1883, era um achado e uma novidade". O honorável crítico entende por isso os acordes construídos sobre a gama por tons. Ora, ele parece ignorar que, em meados do século passado, esse procedimento já era empregado, primeiro por Liszt e depois por Dargomijsky[23], o qual fez mais do que abusar dela: um ato inteiro do *Convidado de pedra* é composto sobre essa gama.

É habitual que Debussy sofra anualmente um ataque desse gênero. Nós já sabíamos que a descoberta do seu sistema harmônico se devia inteiramente a Erik Satie; a do seu teatro, a Mussorgsky; e a da sua orquestração, a Rimsky-Korsakov. Agora nós sabemos de onde vem o seu impressionismo. Não lhe resta mais do que ser, apesar dessa pobreza de invenção, o mais considerável e o mais profundamente musical dos compositores de hoje em dia.

Quanto ao sr. Fanelli, eu não vejo muitos músicos franceses da sua geração que, tanto pela sua ousadia orquestral quanto pela potência da sua inspiração, pudessem – em 1883 – ser comparados a ele.

---

22. A terceira – ou terça – corresponde, na escala diatônica, ao intervalo que abrange três graus conjuntos.
23. Alexander Sergeivich Dargomijsky (1813-1869), compositor russo.

APÊNDICE
Richard Wagner (1813-1883)

Um músico estrangeiro em Paris[1]

Nós acabamos de enterrá-lo! O tempo estava escuro e glacial, e estávamos em um número muito reduzido. O inglês também estava lá. Ele agora quer erguer-lhe um monumento. – Ele teria feito bem melhor se tivesse pago aquilo que lhe devia!

Era uma triste cerimônia. Nossa respiração era dificultada por um desses ventos acres que assinalam o começo do inverno. Ninguém, dentre nós, pôde falar, e houve uma total ausência de oração fúnebre. No entanto, nem por isso vós deveis deixar de conhecer aquele para quem acabamos de cumprir os últimos deveres: era um homem excelente, um músico digno, nascido em uma pequena cidade da Alemanha e falecido em Paris, onde sofreu muito. Dotado de uma grande ternura de coração, ele não deixava de se pôr a chorar todas as vezes em que via os desgraçados cavalos serem maltratados nas ruas de Paris. Naturalmente brando, ele suportava sem cólera ser despojado de tudo o que tinha pelos moleques das calçadas tão estreitas da capital. Infelizmente, ele juntava a tudo isso uma consciência artística de uma escrupulosa

---

1. *Dix écrits de Richard Wagner*. Paris, Librairie Fischbacher, 1898, p. 113-152. A tradução francesa desse texto foi publicada primeiramente, em capítulos, na *Revue et Gazette musicale de Paris* (volume 8, 1841).

delicadeza; era ambicioso sem nenhum talento para a intriga. Além do mais, na sua juventude, tivera a oportunidade de ver uma vez Beethoven, e esse excesso de felicidade virara a sua cabeça de tal maneira que ele jamais pôde recuperar a normalidade durante sua estada em Paris.

Um dia, e isso faz mais de um ano, eu passeava pelo Palais-Royal[2], quando percebi um magnífico cão terra-nova banhando-se no chafariz. Apreciador de cães como sou, não pude recusar minha admiração a esse belo animal, que saiu da água e obedeceu ao chamado de um homem ao qual não prestei inicialmente nenhuma atenção, e no qual os meus olhos só se detiveram porque notei ser o proprietário desse cão de tão maravilhosa beleza. Faltava muito para que esse homem fosse tão belo quanto o seu companheiro quadrúpede. Ele estava vestido com asseio, mas só Deus sabe à moda de que província podiam pertencer as suas vestimentas. No entanto, seus traços não deixavam de despertar em mim uma vaga e indefinível recordação. Pouco a pouco, cheguei a me lembrar de uma maneira cada vez mais nítida e, enfim, esquecendo o interesse que o cão acabava de me inspirar, atirei-me nos braços de meu amigo R... Ambos ficamos encantados por nos rever. Ele esteve prestes a desfalecer de emoção. Eu o levei para o café da Rotunda – tomei chá misturado com rum e ele pediu um café, que bebeu com os olhos úmidos de lágrimas.

– Mas, em nome do céu – disse a ele –, que motivo pode te trazer a Paris? Quem pode ter feito com que tu, um músico modesto, deixasse a tua província alemã e o teu quinto andar[3]?

– Meu amigo – respondeu ele –, posso ter sido levado a um tal procedimento pela paixão aérea de experimentar a vida que se leva em Paris, em um sexto andar, ou então pelo desejo mais mundano de ver se

---

2. Célebre monumento de Paris, situado em frente à praça de mesmo nome.
3. Expressão que serve para designar a pobreza do personagem. No século XIX, ao contrário do que acontece atualmente, era sinal de penúria morar nos andares superiores dos prédios, que não tinham elevadores.

não me seria possível descer para o segundo ou mesmo para o primeiro. Esse é um ponto sobre o qual eu mesmo ainda não me decidi. Antes de mais nada, cedi a uma irresistível necessidade de arrancar-me das misérias das províncias alemãs, e sem querer experimentar as nossas capitais – grandiosas cidades, sem nenhuma dúvida –, vim primeiramente para a capital do mundo, para esse centro comum onde vêm se encontrar a arte de todas as nações, onde os artistas de todos os países encontram a justa consideração que lhes é devida e onde eu mesmo espero encontrar um meio de fazer germinar, enfim, essa semente de ambição que o céu pôs em meu coração.

– Tua ambição é bem natural – repliquei –, e eu te perdoo por ela, embora, falando francamente, ela deva me espantar em ti. Mas, primeiramente, explique-me por quais meios tu pretendes te sustentar nessa nova carreira. Quanto tu tens para dispender anualmente? Vamos, não fique assim tão chocado; bem sei que tu não passavas de um pobre diabo e que, por conseguinte, não estamos tratando das tuas rendas. Mas, enfim, já que estás aqui, devo supor que tu ganhaste na loteria ou então que tu soubes conquistar o favor ou a proteção, seja de algum parente bem colocado, seja de algum personagem importante, de tal maneira que tu te aches garantido por uma renda razoável pelo menos por uns bons dez anos.

– Lá vêm vocês novamente, vocês loucos com a sua maneira de considerar todas as questões – respondeu-me meu amigo, com um sorriso de bom humor. E, depois de ter se recomposto de um primeiro abalo: – Vocês jamais deixam, antes de mais nada, de voltar a sua atenção para esses detalhes miseráveis e prosaicos. De todas as tuas suposições, meu caríssimo, não existe uma única que seja exata. Sou pobre; em algumas semanas mesmo vou me ver sem um tostão. Mas o que importa isso? Eu tenho talento; pelo menos me asseguraram disso. Pois bem! Para fazer com que esse talento seja valorizado, será que eu devia por acaso escolher a cidade de Túnis? Não, sem dúvida, e eu vim diretamente para Paris. Aqui, não tardarei a sentir se me enganaram ao me fazer acreditar na minha vocação de artista, se erraram ao fazer com que eu esperasse sucesso ou se realmente eu possuo algum mérito. No primeiro caso, ficarei logo e voluntariamente desiludido; e então, esclarecido sobre o pouco que eu valho, não hesitarei em retornar ao nosso país para lá retomar o meu modesto quartinho. Porém, se ocorrer de outro modo, é em Paris que o meu talento será mais rapidamente conhecido e mais dignamente pago do que em qualquer outro país do mundo. Oh, não fique rindo assim! E trate antes de me responder com alguma objeção fundamentada.

– Meu pobre amigo – eu lhe disse –, não estou mais rindo. Neste momento, ao contrário, eu sinto por ti e pelo teu cão uma inquietude que me aflige profundamente, porque, por mais moderado que tu possas ser em teu apetite, sei que esse belo animal não deixará de comer bastante. Tu queres alimentar a ti e ao teu cão com o teu talento? É um belo projeto, porque, se a nossa própria conservação é o primeiro dever que nos é imposto, a humanidade para com os animais é o segundo e o mais belo. Mas, diga-me agora, quais meios tu contas empregar para pôr o teu talento em evidência? Quais são os teus projetos? Vamos, ponha-me a par de tudo isso.

– Oh, no que diz respeito a projetos, eles não me faltam, e vou submeter-te um grande número deles. Primeiramente, eu penso em uma ópera. Tenho uma boa provisão delas; umas estão inteiramente terminadas, outras estão feitas apenas pela metade; outras ainda, e em grande número, estão apenas esboçadas, seja para a Grande Ópera, seja para a Ópera Cômica. Não me interrompa! Sei perfeitamente que por esse lado os negócios não andarão muito rápido, e eu não considero esse projeto senão como o objetivo principal para o qual devem tender e se concentrar todos os meus esforços. Porém, se eu não devo esperar obter tão prontamente a representação das minhas obras, tu ao menos concordarás comigo que em pouco tempo eu poderei ter definido a questão de saber se as minhas composições serão aceitas ou não pelas direções teatrais. Mas como?! Tu ainda ris! Não digas nada. Conheço de antemão a objeção em que tu estás pensando e vou respondê-la agora mesmo. Estou bem persuadido de que ainda aqui eu terei de lutar contra alguns obstáculos incessantemente renovados. Mas, afinal, em que podem consistir esses obstáculos, no final das contas? Unicamente na concorrência. Os maiores talentos encontram-se reunidos aqui, e todos eles disputam a primazia de vir oferecer suas obras. Ora, é dever dos diretores submeter essas obras a um exame severo e consciencioso; a arena deve ser impiedosamente fechada às mediocridades, e não pode ser dada senão aos trabalhos de um reconhecido mérito a honra de serem escolhidos dentre todos. Pois bem! Eu me preparei para esse exame, e não peço nenhum favor sem ter sido reconhecido digno dele. Porém, fora dessa concorrência, o que eu ainda poderia temer? Será que eu teria de ter medo, por acaso, de me encontrar, tanto aqui quanto na Alemanha, na obrigação de recorrer a vias tortuosas para obter a entrada nos teatros reais? Será que eu devo crer que, durante anos inteiros, me será necessário mendigar a proteção de algum lacaio da corte, para acabar por conseguir, graças a uma palavra de recomendação que alguma camareira se dignará a me conceder, obter para as minhas obras a honra da encenação? Não, sem dúvida. E de que servem, aliás, alguns procedimentos tão servis, aqui, em Paris, a capital da França livre! Em Paris, onde reina uma imprensa poderosa que não poupa nenhum abuso e nenhum escândalo e os torna, por isso mesmo, impossíveis! Em Paris, enfim, onde só o verdadeiro mérito pode esperar obter os aplausos de um público imenso e incorruptível?

– O público – exclamei eu –, tu tens razão! Também sou da opinião de que, com o teu talento, tu poderias esperar triunfar, se tivesses de lidar apenas com o público. Mas é precisamente quanto à maior ou menor facilidade de chegar até ele que tu te enganas pesadamente, meu pobre amigo. Não é contra a concorrência dos talentos que tu terás de combater, e sim contra as reputações estabelecidas e os interesses particulares. Se estiveres bem assegurado por uma proteção aberta e influente, então tente a luta. Porém, sem isso e, sobretudo, se tu careceres de dinheiro, mantenha-te cuidadosamente afastado, porque tu não poderás senão sucumbir, sem nem mesmo ter atraído sobre ti a atenção pública. Não estará em questão pôr à prova o teu talento e os teus trabalhos. Oh, não, isso seria um favor sem igual! Pensarão somente em inquirir sobre o nome que tu carregas, e como esse nome é estranho toda espécie de reputação e como, além do mais, ele não se acha inscrito em nenhuma lista de proprietários ou de rendeiros, farão com que tu e o teu talento vegetem desapercebidos.

(*Não tenho nenhuma necessidade, penso eu, de fazer com que o leitor observe que, nas objeções das quais eu me sirvo e das quais ainda poderia me servir diante de meu amigo, não se deve tratar de maneira alguma de ver a expressão completa da minha convicção pessoal, mas somente uma série de argumentos que considerei urgente empregar para levar meu entusiasta a abandonar seus planos quiméricos, sem diminuir em nada, no entanto, a sua confiança no seu talento.*)

Minha controvérsia, contudo, não fez efeito sobre ele: ele se tornou pesaroso, mas não me deu nenhum crédito. Eu continuei perguntando-lhe a que meios ele pretendia recorrer, nesse ínterim, para adquirir um começo de reputação que pudesse lhe ser de alguma utilidade na execução do importante projeto que ele acabava de me comunicar.

Minha pergunta pareceu dissipar o seu mau humor.

– Então, escute bem – respondeu-me ele –, tu sabes que há muito tempo eu me entreguei com amor à música instrumental. Aqui, em Paris, onde parecem dedicar um verdadeiro culto ao nosso Beethoven, tenho algum motivo para esperar que o compatriota e o mais fervoroso admirador desse grande homem poderá ser acolhido sem muito desfavor, se ele tratar de fazer o público escutar os frágeis ensaios que lhe foram inspirados pelo estudo de seu inimitável modelo.

– Permita que eu te interrompa aqui – exclamei –, Beethoven é deificado, tu tens inteira razão. Mas presta bem atenção no fato de que a sua reputação e o seu nome são agora coisas reconhecidas e consagradas. Posto no frontispício de um fragmento digno desse grande mestre, esse nome será realmente um talismã bastante poderoso para revelar as suas belezas instantaneamente, e como por magia. Porém, substituas esse nome por qualquer outro e tu jamais conseguirás tornar os diretores de concertos atentos aos trechos mais brilhantes desse mesmo fragmento. (*O leitor fará o favor de não esquecer de fazer aqui uma nova aplicação da observação que eu lhe recomendei mais anteriormente.*)

– Tu mentes – gritou meu amigo, com alguma violência. – Agora percebo as tuas intenções; teu plano bem elaborado é me desencorajar e me desviar do caminho da glória! Mas tu não conseguirás fazer isso!

– Eu te conheço – disse-lhe eu –, e sei que tu não pensas seriamente aquilo que acabas de dizer. Assim, eu te perdoo. Em todo caso, devo te dizer que ainda aqui tu terás de remover os obstáculos que se erguem indubitavelmente diante de qualquer artista sem reputação, qualquer que possa ser aliás o seu talento. Teus dois projetos são bons como meios de sustentar e de aumentar uma glória já adquirida, mas de maneira alguma como meios de se começar uma reputação. Ou deixarão que te canses de esperar em vão pela execução da tua música instrumental ou, então, se as tuas composições são concebidas nesse espírito audacioso e original que tu admiras em Beethoven, não deixarão de achá-las afetadas e incompreensíveis, e assim se desembaraçarão de ti com esse belo julgamento. (*O leitor fará o favor de não esquecer etc.*)

– Mas, e se eu tivesse – diz ele – o cuidado de evitar essas críticas de antemão? Se, prevendo isso, para tomar minhas precauções contra um público superficial, eu tivesse tido o cuidado de embelezar diversos trechos com esses enfeites levianos e modernos que eu abomino, é bem verdade, do fundo do coração, mas aos quais os melhores artistas não desdenham recorrer para assegurar o seu sucesso?

– Então, te darão a entender que as tuas obras são levianas ou muito insignificantes para serem oferecidas ao público ao lado das de um Beethoven ou de um Musard[4]. (*O leitor fará o favor de não esquecer etc.*)

– Ah, seu brincalhão de mau gosto! – exclamou meu amigo. – Está bem, está bem. Agora vejo finalmente que o teu único objetivo era zombar de mim! Tu és e serás sempre um engraçadinho.

Nesse momento, rindo, ele bateu com o pé no chão e atingiu tão pesadamente as patas de seu belo cão que este soltou um grito agudo; mas logo, lambendo as mãos de seu dono, lançou sobre ele um triste olhar, como para suplicar-lhe que não tratasse mais as minhas objeções como gracejos.

– Tu vês – disse eu – que nem sempre é bom confundir o sério com o cômico. Mas vamos deixar isso para lá. Ponha-me a par, eu te peço, dos outros projetos que podem também ter te convencido a trocar a tua modesta pátria pelo abismo de Paris. Diga-me: no caso em que, por consideração a mim, tu consentisses em abandonar os dois outros planos dos quais tu acabas de me falar, quais os outros meios a que te propões para procurar adquirir uma reputação?

– Pois seja – respondeu-me ele –, apesar da tua inconcebível disposição para me contradizer, quero te fazer a minha confidência por inteiro. Nada, que eu saiba, é mais procurado nos salões parisienses do que essas romanças cheias de graça e de sentimento como as produziu o gosto peculiar do povo francês, ou do que esses *lieder* vindos da nossa Alemanha, e que adquiriram aqui o direito de cidadania. Pense nos *lieder* de Schubert e na popularidade de que eles desfrutam na França. Esse gênero é precisamente um daqueles que me convêm particularmente. Eu sinto em mim a faculdade de criar, nesse ramo da arte, alguma coisa notável. Farei com que escutem os meus *lieder*, e talvez seja tão afortunado quanto muitos outros compositores. Como tantos outros,

---

4. Trata-se de uma ironia. Philippe Musard (1792-1859) foi um célebre compositor e regente de músicas para animar bailes e festas populares, como o Carnaval, tornando-se conhecido como "O rei da quadrilha".

talvez eu seja bastante feliz, sem outro recurso além dessas produções tão simples, para cativar a atenção de um diretor de teatro até o ponto em que ele não hesitará em me confiar a composição de uma ópera.

Mais uma vez, o cão do meu amigo soltou um grito doloroso. Dessa vez, tinha sido eu que, em uma contração para conter uma violenta vontade de rir, tinha pisado na pata do nobre animal.

– Mas como! – exclamei. – Será possível que, seriamente, tu alimentes tão loucos pensamentos? Mas onde diabos tu terás visto?...

– Meu Deus – replicou meu entusiasta. – Seria, portanto, a primeira vez que semelhante circunstância teria se apresentado? Será que é preciso te citar aqui todos os jornais nos quais eu tantas vezes li como determinado diretor de teatro tinha ficado tão profundamente comovido pela audição de uma romança, como determinado poeta havia se achado tão subitamente impressionado pelo talento até então ignorado de um compositor que, de comum acordo, poeta e diretor se comprometeram no mesmo instante, um a fornecer um *libretto* e o outro a assegurar a representação da obra?

– Ah, é portanto aí que nós estamos? – respondi-lhe, suspirando. – Foi por alguns artigos de jornais que tu deixaste que o teu cândido e honesto espírito se desencaminhasse. Tomara que um dia eu possa conseguir te persuadir de que só se deve dar crédito, no máximo, a um terço de todas essas propagandas, e mesmo assim se prevenindo para não acreditar nelas muito piamente. Nossos diretores de teatro têm, dou a minha palavra, muitas outras coisas para fazer além de escutar romanças e ficarem loucos de entusiasmo! (*O leitor fará o favor de não esquecer etc.*) E depois, admitindo-se que esse seja um meio excelente para criar uma reputação, quem é que tu farás cantar as tuas romanças?

– Ah! Por quem, a não ser por esses célebres virtuoses de ambos os sexos que muitas vezes assumem o dever de recomendar ao público, com a mais amável solicitude e o talento mais complacente, as produções de talentos desconhecidos ou oprimidos? Será que, também aqui, estarei sendo iludido por algum artigo de jornal?

– Amigo – respondi-lhe –, não queira Deus que eu pretenda negar a nobreza de coração da qual se honram com justa razão os nossos principais cantores ou cantoras. (*O leitor fará o favor de não esquecer etc.*) Porém, para merecer a honra de uma tal proteção, não existirão ainda muitas exigências a satisfazer? Tu não poderias imaginar que concorrência, também aqui, tu terias a temer. E tu dificilmente poderias fazer ideia das numerosas e influentes proteções de que tu deverás dispor junto a esses corações tão nobres, para persuadi-los de que, realmente, tu possuis um talento desconhecido. Meu bom, meu excelente amigo, tu tens ainda algum outro projeto?

Aqui, o meu entusiasta ficou realmente fora de si. Ele se afastou de mim vivamente e com cólera, embora poupando o seu cão que, dessa vez, não gritou.

– E agora – exclamou ele –, ainda que os meus outros planos fossem tão inumeráveis quanto os grãos de areia do mar, eu não desejaria mais confiar-te um único deles! Zombador impiedoso, saiba, no entanto, que tu não triunfarás! Mas, diga-me, só quero te fazer mais esta única pergunta, ensina-me, portanto, de que maneira começaram todos esses grandes artistas que tiveram necessidade de começar por se fazerem conhecer e que terminaram por alcançar a glória!

– Vá perguntar isso a algum deles – respondi friamente. – Talvez tu aprendas o que desejas saber. Quanto a mim, eu ignoro.

– Aqui! Aqui! – ele gritou energicamente para o seu cão. – Tu não és mais meu amigo – exclamou-me com violência. – Apesar da tua fria zombaria, tu não me verás fraquejar! Em um ano – lembra-te bem das minhas palavras –, em um ano, tu poderás saber o meu endereço pela boca do primeiro moleque que encontrares, ou então eu terei o cuidado de te informar o lugar ao qual será preciso que tu venhas para me ver morrer!

Depois, ele chamou o seu cão assobiando de uma maneira rude e aguda, e desapareceu com a rapidez de um raio, assim como o seu soberbo companheiro. Foi impossível encontrá-los.

Desde os primeiros dias que se seguiram à nossa separação, quando vi fracassarem sucessivamente todas as minhas tentativas para descobrir a morada do meu amigo, pude me convencer profundamente do quanto eu havia errado em não ter sabido combater as nobres suscetibilidades de um espírito tão altamente entusiasta com melhores armas do que com as objeções tão frias, tão desesperadoras e, apesar de tudo, pouco sinceras que eu havia constantemente contraposto aos projetos que ele me confiava com uma candura tão ingênua. Na louvável intenção de assustá-lo tanto quanto possível, a fim de desviá-lo dos seus projetos – porque eu sabia, sem sombra de dúvida, que ele não era de maneira alguma um homem para seguir com sucesso o caminho que ele pretendia traçar para si próprio – nessa louvável intenção, repito, eu tinha perdido de vista que não estava tratando com um desses espíritos levianos e flexíveis, que são fáceis de convencer, mas com um homem que uma fé ardente na divina e incontestável verdade da sua arte havia conduzido a um tal grau de fanatismo que, de brando e pacífico que era naturalmente, seu caráter havia se tornado de uma inflexibilidade e de uma teimosia à toda prova. Seguramente – pensava comigo mesmo –, ele perambula agora pelas ruas de Paris com a firme confiança de que deve chegar ao ponto de ter apenas que escolher, dentre todos os seus projetos, aquele que ele porá primeiramente em execução, de maneira a ver brilhar o seu nome nesses letreiros para os quais se concentram todos os seus esforços. Seguramente, ele dá agora um tostão a algum velho mendigo bem miserável, com a bem firme intenção de oferecer-lhe um napoleão[5] daqui a alguns meses.

Quanto mais tempo decorria, desde que nós tínhamos nos perdido de vista, mais os meus esforços para descobrir o meu amigo eram infrutíferos e mais eu me deixava arrastar pela segurança imperturbável da qual ele tinha dado provas em nossa última conversa, de modo que,

---

5. Moeda de ouro assim chamada por trazer a efígie de Napoleão Bonaparte.

por fim, passei a lançar de tempos em tempos um olhar inquieto e curioso para os cartazes musicais, para ver se, em algum canto desses cartazes, eu perceberia por acaso o nome do meu entusiasta. Coisa estranha: quanto mais a inutilidade das minhas buscas me deixava triste e descontente, mais também eu me deixava involuntariamente levar pela esperança sempre crescente de que o meu amigo tivesse talvez terminado por ser bem-sucedido. Eu estava quase a ponto de imaginar que nesse mesmo momento que eu vagava inquieto à sua procura, a originalidade do seu talento já havia sido reconhecida e apreciada por algum grande personagem; que ele talvez já estivesse se encarregando de alguns trabalhos importantes, com os quais ele soubera obter glória, honra e sei lá mais o quê! E, afinal de contas, por que não? – dizia para mim mesmo. Toda alma profundamente inspirada não seguirá os destinos de algum astro? Será que o dele não pode ser uma estrela da sorte? Será que a descoberta de um tesouro escondido não pode ser causada por um milagre? Precisamente porque jamais me ocorria de encontrar seja uma romança, seja uma abertura, seja, enfim, alguma composição de gênero fácil trazendo o nome do meu amigo, que eu preferia acreditar que ele havia se dedicado primeiramente, e com sucesso, à realização de seus planos mais grandiosos, e que, desdenhando os elementos de uma modesta reputação, ele havia se entregado de corpo e alma à composição, no mínimo, de alguma ópera em cinco atos. É bem verdade que eu às vezes me espantava por jamais ouvir seu nome ser pronunciado em nenhuma das reuniões artísticas das quais eu tinha a oportunidade de participar. Porém, como eu pouco frequentava esse tipo de mundo, porque tenho mais de músico do que de banqueiro, acreditava que devia atribuir isso apenas à minha má sorte, que me afastava precisamente dos círculos nos quais sua glória brilhava, sem dúvida, com o mais vivo fulgor.

    Acreditarão sem dificuldade que deve ter decorrido um tempo bastante considerável antes que o doloroso interesse que o meu amigo havia inicialmente me inspirado pudesse se transformar, em mim, em uma confiança quase sem limites na sua boa estrela. Para chegar a esse ponto, foi preciso que eu necessariamente passasse por todas as fases mais diversas do temor, da incerteza e da esperança. Assim, já havia se passado quase um ano desde o meu encontro, no Palais-Royal, com um belo cão e um artista entusiasta. Nesse intervalo, algumas especulações singularmente bem-sucedidas haviam me levado a um tão surpreendente grau de prosperidade que, a exemplo de Polícrates[6], eu não podia me impedir de temer que estivesse sob a ameaça iminente de alguma grande desgraça. Parecia-me mesmo senti-la de antemão. Foi, portanto, com uma disposição de espírito bem pouco agradável que, um dia, fui dar meu costumeiro passeio pelos Champs-Elysées. Estávamos, então, no outono; as folhas amarelecidas amontoavam-se pelo chão, e o céu parecia cobrir com um vasto manto cinzento o magnífico passeio. No entanto, Polichinelo[7] não deixava de se entregar, como de costume, aos acessos sempre renovados de sua velha e *patente* cólera. Deixando-se levar pelo seu cego furor, o audacioso desafiava como sempre a justiça dos homens, até que, finalmente, a ira do temerário mortal fosse forçada a ceder às terríveis unhadas do príncipe infernal, tão maravilhosamente representado pelo lince. Subitamente ouvi perto de mim, a pouca distância do modesto palco das terríveis façanhas de Polichinelo, alguém recitar com uma voz de estranha entonação o seguinte monólogo:

– Admirável, na verdade! Admirável! Mas por que diabos terei ido procurar tão longe aquilo que eu tinha aqui nas minhas mãos? Mas

---

6. Tirano de Samos, que viveu no século VI a.C. Depois de viver quarenta anos na mais completa felicidade, Polícrates passou a ser assombrado pela ideia de que tamanha ventura não poderia perdurar. Assim, para fugir de uma desgraça ignorada, ele resolveu causar um grande dano a si próprio, atirando ao mar um anel ao qual dava um imenso valor. Porém, a Fortuna recusou seu sacrifício e o anel, achado dentro da barriga de um peixe, foi devolvido ao tirano, que pouco depois era deposto, preso e executado pelos persas.
7. Durante a década de 1840, os Champs-Elysées abrigavam alguns pequenos teatros populares, onde eram apresentados espetáculos de marionetes, de pantomima e atrações circenses. Dentre eles, um dos mais concorridos era o Teatro do Polichinelo.

como! Será pois em um palco tão desprezível quanto este que as verdades mais impressionantes na poesia e na política vêm se manifestar diante do público mais impressionável e menos pretensioso deste mundo? Esse herói tão temerário, não será Don Juan? Esse gato branco, de uma beleza tão misteriosamente assustadora, será que ele não representa para mim, sem tirar nem pôr, o governador a cavalo? Qual não será a importância artística desse drama quando eu tiver adaptado a ele uma música! Que vozes sonoras entre esses atores! E o gato! Ah, o gato! Que tesouros secretos permanecem agora ocultos em sua admirável garganta! Até hoje, ele não deixou que escutassem a sua voz; agora, ele ainda é totalmente demônio. Mas que indizível efeito ele não produzirá quando cantar os gorjeios que eu tão bem saberei calcular para a sua voz! Que incomparável *portamento*[8] nessa celeste gama cromática que eu lhe destino! Como será terrível o seu sorriso, quando ele disser esse trecho que deve fazer um tão prodigioso sucesso! Oh, Polichinelo, tu estás perdido! Que plano admirável! E, além do mais, que excelente pretexto para o emprego constante do tantã as eternas bastonadas de Polichinelo não viriam me fornecer! Pois bem! Por que demorar para me assegurar da proteção do diretor? Eu posso me apresentar imediatamente. Aqui, ao menos, não estará em questão ficar na sala de espera; um único passo e eis-me no meio do santuário, diante daquele cujo olho divinamente clarividente não hesitará em reconhecer em mim a iluminação do gênio! Ou, então, ainda será necessário temer a concorrência? O gato, por acaso?... Entremos rápido, antes que seja tarde demais!

Ao dizer essas últimas palavras, o homem que monologava consigo mesmo quis correr para a barraca do Polichinelo: eu não tinha tido dificuldade para reconhecer meu amigo e estava resolvido a evitar que

---

8. Consiste em ligar, vocal ou instrumentalmente, dois sons separados por um intervalo longo, na maior parte das vezes ascendente, passando rápido por todas as notas intermediárias.

ele tomasse uma atitude deplorável. Eu o agarrei pelo paletó, e meus abraços o forçaram a se virar para o meu lado.

— Quem diabos está aí? — exclamou vivamente.

Ele não tardou a me reconhecer; começou por desvencilhar-se friamente de mim e depois acrescentou:

— Eu devia ter pensado que *só tu* podias desviar-me desta tentativa, a derradeira tábua de salvação que me resta. Deixa-me; poderia ser tarde demais!...

Eu o segurei novamente; consegui até mesmo arrastá-lo um pouco mais para longe, para o lado oposto ao teatro, mas foi-me totalmente impossível afastá-lo completamente daquele local.

No entanto, tive tempo para observá-lo com mais atenção. Em que estado o reencontrei, meu bom Deus! Não estou falando dos seus trajes, mas das suas feições. Aqueles eram miseráveis, mas estas apresentavam um aspecto assustador. Seu ar franco e bem-humorado havia desaparecido. Ele lançava em torno de si olhares fixos e inanimados; suas faces pálidas e flácidas não falavam apenas da dor moral; as manchas coloridas que lhes davam uma aparência marmórea atestavam também os sofrimentos da fome! Como eu o examinava com o mais profundo sentimento de aflição, ele pareceu, até certo ponto, comovido, porque não fez muita força para se libertar dos meus braços.

— Como vão as coisas, meu caro R...? — disse-lhe eu, com um tom de hesitação. Depois acrescentei, com um sorriso triste: onde está, pois, o teu belo cão?

Seu olhar escureceu-se:

— Roubado! — respondeu laconicamente.

— Não foi vendido? — disse eu, por minha vez.

— Miserável! — respondeu ele, com uma voz cava. — Então, tu és assim como o inglês?

Não entendi o que ele queria dizer com essas palavras.

— Venha — continuei, com uma voz emocionada. — Venha, leve-me até a tua casa; tenho necessidade de conversar contigo.

— Logo tu não terás mais necessidade de pedir-me o meu endereço — respondeu ele. — Agora estou, finalmente, no verdadeiro caminho que conduz à reputação, à fortuna. Vá-te embora, porque tu não crês em nada disso; de que serve pregar para um surdo? Gente como você, para crer, tem necessidade de ver. Está bem, tu logo verás! Deixe-me agora, se tu não queres que eu te olhe como meu inimigo jurado.

Com isso, apertei ainda com mais força as suas mãos.

— Onde é que tu moras? — disse-lhe mais uma vez. — Venha, leve-me até a tua casa. Nós conversaremos sobre afeição e amizade e, se for possível, tu me falarás dos teus projetos.

— Tu os conhecerás pela realização — disse ele. — Quadrilhas e galopes[9], eis aquilo no que eu sou forte, não é? Tu verás, tu ouvirás. Vê esse gato? Ele me renderá sólidos direitos autorais. Imagine um pouco o efeito quando, desse focinho tão fino, do meio desses dentes enfileirados como pérolas, saírem as melodias cromáticas mais inspiradas, acompanhadas dos gemidos e dos soluços mais delicados deste mundo! Mas será que tu podes imaginar, meu caro? Ora essa! Gente como vós não tem imaginação! Deixai-me! Deixai-me! Vós não tereis *fantasia*!

Eu o retive com novos esforços, renovando o meu mais insistente pedido para que ele me levasse até sua casa, sem que ele quisesse levar mais isso em consideração. Seu olhar se voltava sempre para o gato com uma espécie de superexcitação febril.

— Mas tudo depende dele — exclamava. — Fortuna, consideração, glória, tudo isso está entre as suas patas aveludadas. Que o céu oriente o seu coração e me conceda o favor das suas boas graças. Seu olhar é benevolente; sim, sim, é da natureza felina. Ele é benevolente, polido, polido acima de qualquer medida, mas é sempre um gato. Espera, eu posso te subjugar; eu tenho um cão magnífico que te imporá respeito. Vitória! Eu ganhei. Onde está o meu cão?

---

9. Espécie de dança que fazia parte da quadrilha francesa.

Ele tinha emitido estas últimas palavras com um grito rouco e em um movimento de exaltação insensata. Ele olhou vivamente ao seu redor e pareceu procurar seu cão. Seu olhar aceso voltou-se para a larga calçada. Nesse momento, passava, em um magnífico cavalo, um homem elegante que, pela sua fisionomia e pelo corte das suas roupas, podia ser reconhecido como um inglês. Ao seu lado corria, latindo orgulhosamente, um grande e belo cão terra-nova.

– Ah, meu pressentimento! – gritou, quando viu isso, o meu pobre amigo, transfigurado de raiva e de furor. – O maldito! Meu cão! Meu cão!

Toda a minha força foi vencida pelo poder sobre-humano com o qual o desgraçado, rápido como um raio, arrancou-se das minhas mãos. Ele voou como uma flecha atrás do inglês que, por casualidade, pôs no mesmo instante seu cavalo a galopar, sendo seguido pelo cão com os pulos mais alegres deste mundo. Eu corri também, mas em vão. Que esforços poderiam se igualar à exaltação de um louco furioso? Eu vi cavaleiro, cão e amigo desaparecerem em uma das ruas laterais que conduzem ao bairro de Roule. Chegando a essa rua, já não mais os vi. Basta dizer que todos os meus esforços para reencontrar a sua pista ficaram sem resultado.

Abalado e superexcitado até uma espécie de delírio, tive, no entanto, que me resolver finalmente a suspender provisoriamente as minhas buscas. Mas pode-se reconhecer facilmente que nenhum dia se passou sem esforços da minha parte para encontrar algum indício que pudesse me fazer descobrir a morada do meu infeliz amigo. Fui colher informações em todos os lugares que tinham qualquer relação com a música. Não pude encontrar em parte alguma a menor notícia. Foi apenas nas reverenciadas antecâmaras do teatro da Ópera que os empregados subalternos se recordaram de uma triste aparição, uma espécie de lamentável fantasma que tinha aparecido muitas vezes, esperando que lhe fosse concedida uma audiência, e do qual naturalmente eles jamais tinham sabido o nome ou o endereço. Todas as outras vias, mesmo as da polícia, não puderam me recolocar na sua pista. Mesmo os guardiães da segurança pública não haviam julgado apropriado se ocuparem com o mais miserável dos homens.

Eu tinha caído no desespero. Uma manhã – cerca de dois meses depois do encontro nos Champs-Elysées –, eu recebo por via indireta uma carta que me havia sido endereçada por uma pessoa conhecida. Eu a abri com um triste pressentimento e li estas poucas palavras: "Meu caro, venha me ver morrer!". O endereço que se encontrava anexo indicava uma estreita ruela em Montmartre.

Não pude chorar, e fui subir as ladeiras de Montmartre. Cheguei, seguindo as indicações do endereço, a uma dessas casas de aparência lastimável, como as que são encontradas nas ruas laterais desta pequena cidade[10]. Essa construção, a despeito da sua medíocre fachada, não deixava de ter cinco andares. Essa condição devia ter, segundo todas as aparências, influído favoravelmente sobre a determinação do meu miserável amigo, e eu fui, assim, forçado a me alçar até o alto de uma escadaria de caracol de dar vertigem. No entanto, a coisa valeu a pena, porque, ao perguntar pelo meu amigo, indicaram-me um quartinho nos fundos. Ora, se, por esse lado menos favorecido desse respeitável pardieiro, era necessário renunciar à visão da gigantesca rua, com dois metros de largura, era-se recompensado pela perspectiva que se estendia sobre toda Paris. Foi, pois, na presença desse aspecto magnífico, mas sobre um leito de dor, que eu encontrei o meu infeliz entusiasta. Seu rosto, seu corpo inteiro, estava infinitamente mais emagrecido, mais encovado do que no dia do nosso encontro nos Champs-Elysées. No entanto, a expressão de seu pensamento estava bem mais satisfatória do que naquela época. O olhar feroz, selvagem e quase insensato, a chama indefinível de seus olhos, haviam desaparecido. Seu olhar

---

10. Na época em que este texto foi escrito, Montmartre ainda era uma comunidade independente nos arredores de Paris, à qual só foi anexada em 1860.

estava embaciado e quase apagado: as horríveis manchas escuras de suas faces pareciam ter se dissolvido no definhamento generalizado.

Trêmulo, mas com uma expressão calma, ele me estendeu a mão dizendo: "Perdoe-me, querido amigo: obrigado por ter vindo".

O tom estranhamente terno e sonoro com o qual ele havia dito essas poucas palavras impressionou-me, talvez, ainda mais dolorosamente do que havia feito primeiramente o seu aspecto. Eu lhe apertei a mão e chorei sem poder falar.

– Faz – acrescentou ele, depois de uma pausa de emoção – mais de um ano, ao que me parece, que nós nos encontramos no brilhante Palais-Royal. Eu não cumpri inteiramente a minha palavra. Tornar-me célebre em um ano me foi impossível, com a melhor vontade deste mundo. Por outro lado, não foi minha culpa se eu não pude te escrever depois de completado um ano, para te pedir que viesse me ver morrer. Eu ainda não tinha podido, apesar de todos os meus esforços, chegar a este ponto. Oh, não chore, meu amigo! Houve um tempo em que eu tive que te pedir para não rir.

Eu quis falar, mas as palavras me faltaram.

– Deixe-me continuar – disse o moribundo –, isso é fácil para mim neste momento, e eu te devo uma narrativa bastante longa. Estou persuadido de que não estarei mais vivo amanhã. É por isso que é necessário que tu me escutes hoje. Essa narrativa é simples, meu amigo, muito simples: nada de complicações estranhas, nada de peripécias extraordinárias, nada de detalhes pretensiosos. Tu só tens a temer, pela tua paciência, que a facilidade de linguagem da qual desfruto momentaneamente me inebrie e me leve para muito longe. Em contrapartida, houve alguns dias, meu caro, em que eu não proferi um som. Escuta! Quando eu penso no estado no qual tu hoje me encontras, creio que é inútil assegurar-te que o meu destino não foi nem um pouco belo. Quase não é mais necessário que eu te conte com detalhes as circunstâncias nas quais sucumbiu a minha fé entusiasta. Que te baste saber que não foi contra alguns recifes que eu me choquei. Venturoso, ai ai! O náufrago que perece na tempestade! Não... foi no lodo, na lama que eu me perdi. Esse pântano, meu caro, circunda todos esses orgulhosos e brilhantes templos da arte para os quais pessoas como nós, pobres insensatos, marchamos em peregrinação com um fervor tão profundo como se fôssemos obter ali a salvação de nossa alma. Feliz do peregrino que carrega pouca bagagem! O impulso de um único salto bem-sucedido pode bastar para fazer com que ele transponha a largura do pântano. Feliz do rico ambicioso! Seu cavalo bem manejado não tem necessidade senão de uma única pressão das suas esporas de ouro para transportá-lo rapidamente para o outro lado. Desgraçado – ai ai! – do entusiasta que, confundindo esse pântano com um prado florido, nele se afunda sem retorno e transforma-se em pasto para as rãs e para os sapos! Veja, meu caro, como essa infame bicharia me roeu: não há mais em mim uma única gota de sangue. Será que eu devo te dizer aquilo que aconteceu comigo? Por quê, afinal de contas? Tu me vês morrer. É mais do que suficiente saber que eu não fui abatido no campo de batalha, mas que... isso é horrível de dizer!... Eu morri de fome nas salas de espera. Saiba que existem muitas delas em Paris, muitas dessas salas de espera com bancos de veludo ou bancos de madeira, aquecidas ou não aquecidas, assoalhadas ou não assoalhadas!

"Nessas salas de espera – continuou meu pobre amigo –, eu passei, a sonhar, um belo ano da minha vida. Ali eu sonhei muito, e prodigiosamente, com coisas extravagantes e fabulosas das *Mil e uma noites*, com homens e com feras brutas, com ouro e com imundícies. Ali sonhei com deuses e com contrabaixos, com tabaqueiras brilhantes e com prima-donas, com coralistas e com moedas de cinco francos. No meio de tudo isso, parecia-me escutar muitas vezes o som plangente e inspirado de um oboé. Esse som penetrava em todos os meus nervos e me dilacerava o coração. Um dia, quando eu havia tido os sonhos mais desordenados, e quando esse som havia me abalado da maneira mais dolorosa, eu despertei subitamente e descobri que tinha ficado louco. Lembro-me ao menos de que esqueci de fazer a coisa que me era mais habitual, ou seja, de fazer ao funcionário do teatro a minha mais profunda reverência no momento em que deixei a sala de espera. Foi essa, diga-se de passagem, a razão pela qual nunca mais ousei voltar lá, porque o funcionário provavelmente não teria mais me recebido! Deixei, portanto, com um andar cambaleante, o asilo dos meus sonhos. Porém, ao passar pela porta do prédio, eu caí. Eu tinha tropeçado no meu pobre cão que, segundo o seu costume, esperava na rua pelo seu feliz dono, sendo-lhe permitido esperar no meio dos homens. É necessário que eu te diga que esse cão me tinha sido muito útil. Era somente a ele e à sua beleza que eu devia o fato de ter sido honrado algumas vezes com um olhar complacente pelo servente da sala de espera. Infelizmente, ele perdia a cada dia um pouco da sua beleza, porque a fome também devastava as suas entranhas. Isso me causou novas inquietações, já que se tornava evidente para mim o que logo aconteceria com a simpatia desse servente, que às vezes já me acolhia com um sorriso de desdém. Eu te dizia, pois, que havia tropeçado no meu cão. Ignoro quanto tempo fiquei ali, e quantas pisadas pude receber daqueles que iam e vinham. Finalmente, fui despertado pelas ternas carícias, pela língua quente do pobre animal. Levantei-me e, em um momento de lucidez, compreendi imediatamente o dever que me era mais imperiosamente recomendado: eu devia dar de comer ao meu cão. Um vendedor de roupas inteligente ofereceu-me alguns tostões pelo meu mau colete. Meu cão comeu, e eu devorei aquilo que ele quis deixar para mim. Isso funcionou muito bem para ele, mas nada mais podia funcionar para mim. O dinheiro obtido com a venda de uma relíquia, o velho anel de minha avó, bastou para restituir ao cão toda a sua beleza desaparecida. Ele resplandeceu novamente com todo o fulgor da sua beleza. Ó beleza fatal! O estado da minha cabeça era cada vez mais deplorável.

"Eu não sei mais muito bem o que se passou, mas me lembro de que um dia experimentei a irresistível fantasia de ver o Diabo. Meu cão, deslumbrante de beleza, acompanhava-me quando cheguei à entrada dos *Concertos Musard*[11]. Será que eu tinha a esperança de ali encontrar o Diabo? Não sei com certeza. Pus-me a examinar as pessoas que entravam; e o que vejo entre elas? O abominável inglês, exatamente o mesmo, em carne e osso. Ele não havia mudado nada, e surgiu diante de mim exatamente como no tempo em que me pregou, junto de Beethoven, essa atroz peça que eu contei. O terror apoderou-se de mim: eu estava bem preparado para enfrentar um demônio do outro mundo, mas nunca para reencontrar esse fantasma da nossa terra natal. Ah, o que eu terei sentido, ai ai!, quando o desgraçado reconheceu-me imediatamente? Eu não podia evitá-lo; a multidão nos empurrava um para o outro. Contra a sua vontade e contra o costume dos seus compatriotas, ele se viu forçado a se lançar nos meus braços, que eu tinha estendido para abrir uma passagem. Ele ali estava e foi apertado de encontro ao meu coração agitado por mil emoções cruéis. Esse foi um momento terrível! No entanto, nós logo ficamos mais distanciados e ele se livrou com alguma contrariedade do meu abraço involuntário. Eu quis fugir, mas isso foi impossível.

"– Seja bem-vindo, meu caro senhor! – exclamou ele. – É encantador, para mim, encontrar-vos sempre assim, nos caminhos da arte! Desta vez, nós vamos para o Musard!

"Cheio de raiva, tudo o que eu pude encontrar foi esta exclamação: Para o Diabo!

"– Ah! Sim! – respondeu ele. – Isso deve ser diabólico. Esbocei no domingo passado uma composição que devo oferecer a Musard. Vós conheceis Musard? Quereis apresentar-me a ele?

"Meu horror por esse espectro se converteu em uma angústia sem nome. Superexcitado como eu estava, consegui me libertar dele e fugir para o bulevar. Meu belo cão corria latindo ao meu lado. Em um piscar

---

11. Estabelecimento, localizado nos Champs-Élysées e fundado por Philippe Musard, dedicado a concertos e a bailes populares.

de olhos, o inglês estava junto a mim, parou-me e disse com um tom exaltado:

"– Meu senhor, esse belo cão é vosso? Sim. Oh, isso é muito bom, cavalheiro! Eu vos dou por esse cão cinquenta guinéus[12]! Sabeis vós que está na moda, para os *gentlemen*, ter cães dessa espécie? Por isso, já tive uma quantidade inumerável deles. Infelizmente, esses animais eram todos antimusicais: eles jamais puderam suportar que eu tocasse flauta ou trombeta, e sempre fugiram da minha casa por causa disso. Porém, devo supor, já que vós tendes a felicidade de ser músico, que o vosso cão também está organizado para a música. É por isso que eu vos ofereço cinquenta guinéus por ele.

"– Miserável! – gritei. – Eu não venderia o meu cão pela Grã-Bretanha inteira! E pus-me imediatamente a correr, com meu cão correndo na minha frente. Desviei-me pelas ruas transversais que conduziam ao lugar no qual eu normalmente costumava passar a noite. Fazia um belo luar. De tempos em tempos eu lançava em torno de mim alguns olhares inquietos. Acreditava perceber com pavor que a comprida silhueta do inglês me perseguia. Dobrei o passo com uma crescente ansiedade. Ora eu percebia o fantasma, ora eu o perdia de vista. Finalmente, cheguei tremendo ao meu asilo. Dei de comer ao meu cão e estiquei-me sem jantar sobre um leito bem duro. Dormi por longo tempo e tive sonhos horríveis. Quando despertei, meu belo cão tinha desaparecido. Como é que ele havia escapado? Ou antes, como será que o haviam atraído para o outro lado da porta, aliás, mal fechada? É aquilo que ainda hoje eu não posso compreender. Eu chamei, procurei por ele até cair em soluços. Tu te recordas que um dia eu tornei a ver o infiel nos Champs-Élysées; tu sabes que dificuldades eu tive para tentar recuperá-lo, mas tu não sabes que o animal me reconheceu, e que, quando eu o chamei, ele fugiu para longe de mim como

---

12. Antiga moeda de ouro inglesa.

uma besta fera. Nem por isso eu deixei de persegui-lo, e com ele o cavaleiro satânico, até o portão para onde este último se lançou, e que se fechou rangendo atrás dele e do cão. Em minha raiva, fiz no portão um barulho de trovão. Alguns latidos furiosos foram a única resposta que eu recebi. Esgotado e quase apatetado, fui forçado a sentar-me até que fosse tirado do meu aniquilamento por uma horrível escala executada por uma corneta, cujos sons, saindo dos fundos do casarão, perfuraram os meus ouvidos e provocaram no quintal alguns uivos dolorosos. Então, desatei a rir e fui-me embora."

Profundamente emocionado, meu pobre amigo se deteve. Se a palavra tinha se tornado mais fácil para ele, nem por isso a exaltação interior deixava de lhe causar uma terrível fadiga. Não lhe era mais possível se manter sentado. Ele tornou a deitar com um fraco gemido. Uma longa pausa se seguiu. Observei esse infeliz com uma emoção penosa. Suas faces tinham se revestido com essa vermelhidão transparente peculiar aos tísicos. Ele tinha fechado os olhos e ficava ali como se estivesse adormecido. Sua respiração só se traía por um movimento pouco perceptível e quase etéreo. Eu esperei com ansiedade o momento que poderia falar com ele para perguntar-lhe em que eu ainda poderia servir-lhe neste mundo. Por fim, ele abriu os olhos. Um brilho glauco e sobrenatural animava o seu olhar, que ele voltou sem hesitar na minha direção.

– Meu pobre amigo – disse-lhe –, tu me vês cheio de um desejo doloroso de te servir em alguma coisa. Tu tens algum pedido a fazer? Diga-me.

Ele respondeu sorrindo:

– Tu estás muito impaciente, amigo, para conhecer o meu testamento. Oh! não fiques inquieto. Nele, eu não me esqueci de ti. Mas será que, antes, tu não queres saber como o teu desgraçado irmão chegou ao ponto de morrer? Veja, eu gostaria que a minha história fosse conhecida ao menos por uma alma nesta terra, e eu não sei de nenhuma, a não ser a tua, que eu possa crer que se preocupa comigo. Não tenha medo de que eu me fatigue; eu me sinto confortável, e a coisa é fácil para mim.

Nenhum peso na respiração, e as palavras brotam espontaneamente. De resto, veja, não tenho mais muita coisa para contar. Tu bem podes imaginar que, no ponto da minha história a que eu havia chegado, não tinha mais nada a fazer com as coisas do mundo exterior. É daí que data a minha história íntima, porque eu soube desde esse momento que logo morreria. Essa hedionda escala na corneta, no casarão do inglês, me encheu de um desgosto pela vida, mas de um desgosto de tal modo irresistível que eu resolvi morrer. Eu não deveria, na verdade, me vangloriar dessa resolução, porque praticamente eu não era mais livre para querer morrer ou viver. Alguma coisa tinha rebentado no meu peito e tinha deixado nele uma ressonância prolongada e penetrante. Quando esse som se extinguiu, me senti confortável como jamais havia me sentido antes, e soube que ia morrer. Oh, o quanto essa convicção me encheu de contentamento! Como eu me exaltei com o pressentimento de uma dissolução próxima, que eu surpreendi em todas as partes do meu ser arruinado! Insensível a todos os objetos exteriores, e não sabendo para onde me levavam os meus passos trêmulos, cheguei um dia às alturas de Montmartre. Saudei o monte dos Mártires e resolvi terminar nesse canto da terra, porque eu também morria pela pureza da crença. Eu também podia me dizer um mártir, embora a minha fé jamais tivesse sido combatida por ninguém, a não ser pela fome. Aqui, desgraçado, sem asilo, encontrei um teto; não pedi outra coisa, a não ser que me dessem esse leito e que mandassem buscar as partituras e os papéis que eu tinha deixado depositados em uma miserável casa suspeita da cidade, porque eu não tinha – ai ai! – conseguido penhorá-los em lugar algum. Tu me vês, eu resolvi morrer com Deus e com a verdadeira música. Um amigo me fechará os olhos; meus minguados haveres bastarão para pagar as minhas dívidas, e eu terei, sem dúvida, uma sepultura honrosa – o que eu posso, pois, desejar além disso?

Pus às claras, finalmente, os sentimentos que me oprimiam:

– Como – exclamei – pudeste me invocar apenas para este triste serviço! Teu amigo, por mais frágil que fosse o seu poder, não podia pois te ser útil de uma outra maneira? Eu te suplico, para a minha tranquilidade, fala sinceramente: teria sido uma falta de confiança na minha amizade que te impediu de dirigir-se a mim e de me fazer conhecer mais cedo a tua situação?

– Oh! não fique zangado – respondeu ele, com um ar suplicante. – Não te zangues comigo quando eu te confessar que teimava em te considerar como meu inimigo! Quando reconheci o meu erro, com relação a isso, minha cabeça caiu em um estado que me tirava a responsabilidade pelas minhas ações. Senti que não tinha mais nada a fazer com os homens sensatos. Perdoa-me e mostra-te mais benevolente do que eu fui em relação a ti. Vamos! Dê-me a mão, e que esta falta da minha vida seja como que apagada!

Eu não pude resistir; agarrei a sua mão e prorrompi em lágrimas. No entanto, reconheci o quanto as forças de meu amigo diminuíam. Ele não estava mais em condições de se levantar: este rubor passageiro se alternava, nas suas faces, com tons cada vez mais baços.

– Meu caro, ocupêmo-nos de um pequeno negócio – retomou ele. – Chame isso, se tu quiseres, de minhas últimas vontades, porque eu quero primeiramente que as minhas dívidas sejam saldadas. As pobres pessoas que me receberam cuidaram de mim com muito boa vontade e quase não me fizeram lembrar de que elas deveriam ser pagas. Ocorre o mesmo com alguns outros credores, cuja lista tu encontrarás neste papel. Para o pagamento, eu faço a cessão de todos os meus bens; ali as minhas composições, aqui o meu diário, no qual eu registrava as minhas anotações musicais e os meus caprichos. Tu tens prática, meu caro amigo. Confio na tua habilidade para tratar de extrair desses valores do meu espólio o melhor preço possível e para empregar o produto na quitação das minhas dívidas terrestres. Em segundo lugar, eu quero que tu não trates mal o meu cão, se algum dia o encontrares, porque eu suponho que a corneta do inglês já o puniu terrivelmente pela sua falta de fidelidade. Em terceiro lugar, eu quero que a narrativa dos meus sofrimentos em Paris seja publicada, com a ressalva de que o meu nome seja omitido, para servir de advertência a todos os loucos que se parecerem comigo. Por fim, eu quero um enterro decente, mas sem esplendor e sem multidão. Poucas pessoas bastarão para me acompanhar. Tu encontrarás no meu diário os seus nomes e endereços. Os custos do enterro serão bancados por eles e por ti. *Amém.*

"Agora – retomou o moribundo, depois de uma interrupção que se tornou necessária pelo seu enfraquecimento cada vez mais perceptível –, agora, uma última palavra sobre a minha crença: Eu creio em Deus, em Mozart e em Beethoven, assim como em seus discípulos e em seus apóstolos. Eu creio no Espírito Santo e na verdade de uma arte una e indivisível; eu creio que essa arte procede de Deus e vive no coração de todos os homens iluminados lá do alto. Eu creio que aquele que experimentou por uma única vez os sublimes prazeres dessa arte fica devotado a ela para sempre, e não pode renegá-la; creio que todos podem se tornar bem-aventurados através dessa arte e que – por conseguinte – é permitido a cada um morrer de fome professando-a. Creio que a morte me dará a suprema felicidade; creio que eu era nesta terra um acorde dissonante que vai encontrar na morte uma pura e magnífica resolução; creio em um juízo final no qual serão atrozmente condenados todos aqueles que, nesta terra, ousaram transformar em ofício, mercadoria e objeto de usura essa arte sublime que eles profanaram e desonraram por malícia de coração e grosseira sensualidade. Creio que esses imundos serão condenados a ouvir durante toda a eternidade a sua própria música; creio, ao contrário, que os fiéis discípulos da arte sublime serão glorificados em uma essência celeste, radiosa com o brilho de todos os sóis em meio aos perfumes dos acordes mais perfeitos, e reunidos na eternidade à fonte divina de toda a harmonia. Possa uma sorte semelhante me ser concedida como quinhão! *Amém.*"

Por um instante, acreditei que a fervorosa prece de meu amigo entusiasta tinha sido atendida, tanto seus olhos resplandeciam com uma luz celeste e tanto ele permanecia imóvel em um êxtase sem alento. Vivamente comovido, debrucei-me sobre o seu rosto para reconhecer se ele ainda pertencia a este mundo. Sua respiração muito fraca e quase imperceptível me informou que ele ainda vivia. Ele murmurou em voz bem baixa, embora inteligível, as seguintes palavras:

— Rejubilai-vos, crentes; as alegrias que vos esperam são grandes.

Depois, ele se calou. O brilho de seu olhar extinguiu-se: um sorriso amável permaneceu em seus lábios. Fechei os seus olhos e roguei a Deus que me concedesse uma morte semelhante.

Quem sabe aquilo que, nessa criatura humana, extinguiu-se sem deixar vestígios! Seria um Mozart, um Beethoven? Quem pode sabê-lo, e quem desejaria me contradizer se eu declarasse que, com esse homem, morreu um artista que teria encantado o mundo através das suas criações, se não tivesse morrido de fome previamente? Eu pergunto: quem me provará o contrário?

Nenhum daqueles que acompanharam os seus despojos mortais pensou em sustentar essa tese. Eles não passavam de dois, além de mim, um filólogo e um pintor; um outro foi impedido por um resfriado. Vários outros não tiveram tempo. Quando nós chegamos sem pompa ao cemitério de Montmartre, observamos um belo cão que se aproximou do féretro e farejou o ataúde resfolegando com uma curiosidade triste e inquieta. Reconheci o animal e olhei ao nosso redor: percebi, orgulhosamente sentado no cavalo, o inglês, que pareceu nada compreender da estranha preocupação de seu cão que seguia o ataúde. Ele apeou, deu seu cavalo para o seu criado guardar e se juntou a nós no cemitério:

— Quem vocês estão enterrando aí, cavalheiro? – disse ele, dirigindo-se a mim.

— O dono do vosso cão – respondi.

— *Goddam!*[13] – exclamou ele. – É muito desagradável para mim que esse *gentleman* tenha morrido sem ter recebido sua paga pelo valor do animal. Eu a havia destinado a ele e buscava uma ocasião de fazer

---

13. "Deus me condene!" – praga inglesa.

com que ela chegasse às suas mãos, embora este cão uive durante os meus exercícios de música. Mas eu repararei a minha tolice e gastarei os cinquenta guinéus – que são o preço do cão – em uma lápide que será colocada sobre a sepultura do honorável *gentleman*.

Depois, ele se foi embora e tornou a montar o cavalo. O cão permaneceu perto da cova enquanto o inglês se afastava.

Resta-me agora executar o testamento. Eu publicarei, nos próximos números desta gazeta, com o título de *Caprichos estéticos de um músico,* as diferentes partes do diário do defunto, pelas quais o editor prometeu pagar um preço elevado, por consideração à destinação respeitável desse dinheiro. As partituras que compõem o resto do seu espólio estão à disposição dos srs. diretores da Ópera, que podem, com esse objetivo, dirigir-se – através de cartas não franqueadas – ao executor testamentário.

1ª edição junho de 2013 | **Fonte** Times New Roman e Frutiger Lt
Papel offset 75 g/m² | **Impressão e acabamento** Yangraf